Didi und die
flüsternden Pferde

AMANDA

Joachim Friedrich

DIDI und die flüsternden Pferde

Mit Illustrationen
von
Edda Skibbe

Thienemann

Amanda X

»Amanda X – Hellseherin, Medium und Geisterbeschwörerin – Sprechstunde nach Vereinbarung«: So steht es an ihrer Haustür und Amanda X ist nun wirklich keine gewöhnliche Haushälterin. Eigentlich heißt sie Else Schmitz, doch ihre Freunde und Kunden kennen sie nur unter ihrem Künstlernamen: Als Amanda X veranstaltet sie zaubergalaktische Geisterkränzchen und liest die Zukunft je nach Wunsch aus Kaffeetassen oder Kristallkugeln. Zu einem Mandellikörchen sagt sie ungern Nein, aber am meisten Spaß macht ihr die Aufklärung von Kriminalfällen.

Sister X

Amanda besitzt nicht nur eine Kristallkugel, sondern auch ein Schaf. Genauer gesagt ein außerirdisches Schaf mit Sonnenbrille. Wenn Sister X nicht gerade auf Amandas Dachterrasse grast, unterstützt sie das zaubergalaktische Geisterkränzchen als Medium. Sister X hat den gleichen Wuschelkopf wie Amanda und die beiden sehen sich einfach zum Verwechseln ähnlich – wie Schwestern eben.

Ricki und Blümchen

Ricarda Kaminski, genannt Ricki, dünn, rothaarig, mit jeder Menge Energie und Sommersprossen, musste die Schule wechseln, als ihr Vater wieder einmal versetzt wurde. Schon am ersten Schultag lernte sie Blümchen kennen, die eigentlich Julia Wolff heißt. Blümchen trägt am liebsten Blümchenröcke und weiße Blusen. Das ist zwar nicht angesagt, aber über Blümchen macht sich niemand lustig, denn sie trainiert mit ihrem Opa im Boxclub und ihre Linke ist allgemein gefürchtet.
Ricky und Blümchen haben nur noch Vater bzw. Mutter, was nicht immer einfach für sie ist. Dafür sind sie aber die besten Freundinnen!

Opa Schraube

Opa Schraube war Profiboxer und es wird gemunkelt, er sei schon in der Boxhalle geboren worden.
Fest steht, dass er Blümchens Opa ist und beste Verbindungen zu gewissen Kreisen unterhält …

Das zaubergalaktische Geisterkränzchen

Andere Damen im vorgerückten Alter mögen sich mit schlichten Kaffeekränzchen begnügen: Amanda X, Hedwig und Elsbeth, die unähnlichsten zweieiigen Zwillinge, die man sich vorstellen kann, und Eleonore Freifrau von Hoppenstedt veranstalten Geisterkränzchen, auf denen sie mit ihren verstorbenen Angehörigen plaudern …

Kommissar Kaminski und Frau Wolff

Rickis Vater und Blümchens Mutter haben einiges gemeinsam. Nicht nur, dass sie in Amandas großem Haus unter einem Dach wohnen. Sie haben auch die gleiche Schwäche für Kriminalfälle. Horst Kaminski tut als Kripobeamter sein Bestes, um seinem großen Vorbild Schimanski nachzueifern. Und Gerda Wolff hat eigens ein Detektivbüro eingerichtet, um auf Verbrecherjagd zu gehen. Dass die beiden noch viel mehr miteinander verbindet, erfahren sie erst nach und nach …

* 1 *

Der große Raum war verdunkelt und der runde Tisch mit einem schwarzen Tischtuch bedeckt. Die Gesichter der Gäste wurden nur schwach von den flackernden Kerzen auf dem Tisch erleuchtet. Da sie zudem von den Rauchschwaden der Räucherstäbchen verhüllt wurden, konnte ich sie kaum erkennen.

Wir hielten uns an den Händen und beobachteten Amanda, die mit wiegendem Kopf in ihre Kristallkugel sah. Sister X stand neben ihr und blickte durch ihre Sonnenbrille ebenfalls in die Kristallkugel, während Penelope, Amandas Kater, auf dem Tisch schnarchte.

»Du, Ricki«, flüsterte meine beste Freundin Blümchen mir zu. »Wozu braucht Amanda wohl die Kristallkugel? Die benutzt sie doch sonst nie.«

Ich zuckte mit den Schultern. »Das ist wahrscheinlich nur eine kleine Show von ihr, weil sie viele Zuschauer hat.«

»Günter«, flüsterte Amanda plötzlich. Trotzdem konnte jeder am Tisch sie verstehen. »Mit welchem Verstorbenen möchten Sie gern reden?«

Günter hatte Geburtstag. Da er früher einmal Jockey gewesen war, feierte er seinen Geburtstag mit seinen Freunden Opa Schraube, Willi, Walter und einigen alten Jockey-Freunden in dem Kasino der Pferderennbahn.

Meine beste Freundin Blümchen und ich hatten uns sehr gefreut, dass wir auch mitkommen durften, ebenso wie Papa und Gerda, Blümchens Mama. Sogar Amandas Geisterkränzchen hatte Günter eingeladen. Wahrscheinlich hatte er gedacht, dass er seinen alten Freunden einen Gefallen tat, wenn auch ein paar Damen mit feierten. Und tatsächlich: Amanda, Eleonore, Elsbeth und Hedwig waren ununterbrochen von Günters Freunden umschwärmt worden und tanzten, was die Füße hergaben. Nur Opa Schraube hatte sich mit dem Tanzen zurückgehalten.

Und dann hatte Amanda Günter mit dieser Séance überrascht. Eine Geisterbeschwörung als Geburtstagsgeschenk! Das konnte sich wirklich nur Amanda X ausdenken, die unglaublichste Haushälterin der Welt.

»So ein Hokuspokus«, brummte Opa Schraube. »Und dieser Gestank! Müssen diese Räucherstäbchen sein?«

»Die sind auch nicht schlimmer als deine Zigarre, Vater«, sagte Gerda.

Amanda nippte noch einmal an dem Glas Mandellikör, ihrem Lieblingsgetränk, und räusperte sich. »Ruhe bitte!«, rief sie. »Ich muss mich konzentrieren. – Also, lieber Günter, mit welchem Verstorbenen möchten Sie gern reden?«

Günter sah sie mit großen Augen an. »Einem Verstorbenen? – Äh, ich weiß nicht. Eine Familie hatte ich nie und sonst weiß ich nicht – mir fällt eigentlich nur ein Pferd ein. Es war ein liebes Tier und ist mir sehr ans Herz gewachsen. Leider ist es schon lange tot.«

»Ein Pferd?«, rief Opa Schraube. »Du willst mit einem Pferd reden?«

Günter verzog das Gesicht. »Man kann sehr wohl mit Tieren sprechen!«

»Nur antworten sie nicht«, entgegnete Opa Schraube. »Oder willst du deinem alten Kumpel etwas vorwiehern?«

»Könnten wir vielleicht jetzt alle mal den Mund halten?«, fragte Amanda mit einem strengen Seitenblick auf Opa Schraube. »Wenn Günter mit seinem Pferd reden möchte, dann werde ich selbstverständlich versuchen ihm diesen Wunsch zu erfüllen. – Wie hieß es denn?«

»Luise.«

»Schöner Name«, meinte Opa Schraube und handelte sich gleich noch einen Ellbogenhieb von seiner Tochter ein.

»Luise!«, rief Amanda. »Luise! Wenn du uns hörst, dann gib uns ein Zeichen!«

Nun hatten Blümchen und ich schon an vielen Séancen teilgenommen, die Amanda jede Woche mit ihrem Geisterkränzchen Eleonore, Elsbeth und Hedwig veranstaltete. Darum hätten wir eigentlich daran gewöhnt sein müssen. Doch auch wenn wir das Ganze nie so richtig ernst nahmen – vor allem, weil Amanda und ihr Geisterkränzchen fast immer nur mit dem Papa von Hedwig und Elsbeth sprachen –, beschlich uns jedes Mal ein unheimliches Gefühl, wenn Amanda nach einem Verstorbenen rief.

So war es auch dieses Mal. Blümchen hielt meine Hand ein wenig fester und es wurde sehr still. Sogar Opa Schraube blieb stumm.

»Luise!«, rief Amanda noch einmal. »Kannst du uns hören?«

Während der Sitzungen des Geisterkränzchens war das der Augenblick für Elsbeth und Hedwig sich mit ihrem Papa über seine Harfe, den Engelschor oder seine anderen Abenteuer im Himmel zu unterhalten. Und damit war dann auch gleich die unheimliche Stimmung wieder vorüber.

Doch dieses Mal war es anders. Es schien immer stiller zu werden – und kälter. Ich fror plötzlich. Am liebsten wäre ich aufgestanden und hätte mir meine Jacke geholt. Aber ich traute mich nicht die Hand von Blümchen auf der einen und die von Amanda auf der anderen Seite loszulassen. Ich spürte, dass Blümchens Hand zitterte. Ob ihr auch kalt war?

Und dann hörte ich ein Geräusch. Zunächst dachte ich, jemand der Gäste würde leise reden. Da ich Opa Schraube in Verdacht hatte, sah ich zu ihm hinüber. Er saß neben Gerda auf der anderen Seite von Amanda. Doch er blickte, wie die anderen Gäste auch, mit aufgerissenen Augen auf Amanda.

Dann verstummte das leise Flüstern wieder. Hatte ich mich getäuscht? Vielleicht war es ja ein Geräusch von draußen gewesen. – Da war es wieder! Nein, es war in diesem Raum.

Ich schloss die Augen und versuchte etwas zu verstehen, aber es war nur ein sehr leises Wispern. Vielleicht wurde es ja ein wenig deutlicher, wenn Amanda noch einmal nach Luise rief. Ich sah kurz zu Blümchen. Auch sie hatte die Augen geschlossen. Ob sie das Wispern ebenfalls hörte? Und die anderen Gäste vielleicht auch? Am liebsten hätte ich sie gleich gefragt.

Plötzlich flog eine der Türen auf. Gegen das Licht aus dem Nachbarraum konnte ich einen Schatten erkennen. Sollte das etwa Luise –?

»Ich – Was ist denn hier los? – Hallo? Ist da jemand?«

Günter stand auf und schaltete das Licht ein. Geblendet kniff ich die Augen zusammen. Und auch die anderen Gäste stöhnten leise auf, als wären sie plötzlich geweckt worden. Ein junger Mann stand in der Tür.

»Was machst du denn hier?«, rief Günter. »Einen ungünstigeren Zeitpunkt hättest du dir wirklich nicht aussuchen können, um hereinzuplatzen!«

»Die Pferde!«, rief der junge Mann. »Ich weiß nicht mehr, was ich machen soll! Ihr müsst mir helfen!«

Ohne eine weitere Erklärung oder eine Antwort abzuwarten rannte er wieder hinaus. Günter sah sich kurz zu uns um, zuckte mit den Schultern und lief ihm nach. Nach kurzem Zögern folgten wir anderen ihnen.

»Wer war das?«, fragte ich Walter, der neben mir lief.

Er besitzt ein Wettbüro neben der Rennbahn, kennt sich also sehr gut dort aus.

»Ein junger Pferdepfleger«, antwortete Walter. »Er arbeitet in den Ställen der Rennbahn. Ich frage mich, was er um diese Zeit hier macht?«

Wie in einer Karawane zog die Geburtstagsgesellschaft über die Pferderennbahn. Blümchen und ich waren schon ein paarmal hier gewesen, allerdings nur tagsüber. Gerade bei den Rennen waren immer viele Menschen dort. Es war laut und alles lief aufgeregt durcheinander. Doch um diese Zeit herrschte eine gespenstische Stille. Die Wetthäuschen, die Tribüne und die anderen Gebäude lagen im Dunkeln und wirkten beinahe bedrohlich. Nur in einem flachen Bau neben der Tribüne brannte Licht. Das musste der Pferdestall sein.

Dort stand Günter mit dem Tierpfleger vor einer der Pferdeboxen, aus der ein ohrenbetäubender Lärm drang.

»Welcher Idiot hat denn zwei Pferde in die Box gestellt?«, brüllte Günter den jungen Mann an.

Der wich vor Angst einen Schritt zurück. »Ich – ich wollte nicht. Aber die Frau, der die Pferde gehören, hat darauf bestanden, dass sie zusammenbleiben. Was sollte ich denn machen? Außerdem hat sie gewollt, dass ich die ganze Nacht bei ihnen bleibe!«

»Das war wohl wieder so eine reiche Schnepfe, die keine Ahnung von den Tieren hat!«, schimpfte Günter. »Und jetzt haben wir den Ärger!«

Ich ging zu der Pferdebox, in der der Lärm immer lau-

ter zu werden schien. Durch ein kleines Loch in der Tür sah ich hinein und schreckte gleich wieder zurück.

In der Box tobten zwei Pferde, als wären sie verrückt geworden. Sie traten aus und warfen sich gegen die Wände. Es waren eigentlich wunderschöne, pechschwarze Pferde. Doch nun hatten sie die Augen weit aufgerissen und aus ihren Mäulern tropfte weißer Schaum.

»Das – das ist ja schrecklich!«, rief ich. »Blümchen! Die bringen sich um!«

Zögernd näherte sich auch Blümchen der Box und blickte, wie ich, durch das Loch in der Tür. Sie schrie auf und hielt sich die Hand vor den Mund. »Die armen Tiere! Könnt ihr ihnen denn nicht helfen?«

»Wie denn?«, rief Opa Schraube. »Wer da hineingeht, kommt nicht lebend wieder heraus!«

»Sollen wir die Polizei holen?«, fragte der Pferdepfleger.

»Die Polizei ist schon da«, antwortete Willi und zeigte auf Papa.

Die anderen, die uns noch nicht kannten, sahen ungläubig zu Papa. Sie konnten wohl nicht glauben, dass Günter ausgerechnet einen Polizisten zu seiner Geburtstagsparty eingeladen hatte. Papa ist Kriminalkommissar. Allerdings war er früher nicht sehr erfolgreich. Er ist einfach zu gutmütig und zu schusselig. Aber mit Amandas Hilfe haben wir mittlerweile gemeinsam schon einige aufregende Fälle geklärt.

Papa war es sichtlich unangenehm, so angestarrt zu werden. »Ich weiß nicht, ob die Kollegen helfen könnten«, sagte er. »Aber wenn Sie wollen, rufe ich an und frage, ob sie einen Pferdeexperten auftreiben können.«

»Wir sind Pferdeexperten«, sagte Günter beleidigt. »Die Polizei kann uns nicht helfen. Wir müssen abwarten. Irgendwann werden sie müde. Dann haben wir vielleicht eine Chance.«

»Wenn sie dann noch leben«, ergänzte Walter.

Mir lief ein eiskalter Schauer über den Rücken wie einige Minuten zuvor bei Amandas Séance.

Unmerklich hatten sich Amanda und Sister X der Pferdebox genähert. Amandas Schaf stand vor der Tür und schien hindurchzublicken. Amanda bückte sich und nahm Sister X die Sonnenbrille ab.

Fast im gleichen Augenblick wurde es still. Nur das Schnaufen und Röcheln der Pferde war noch zu hören.

Mit einem Satz war ich an der Tür und sah durch das Loch. Ich konnte es nicht glauben! Die Pferde standen ruhig nebeneinander und sahen dort hin, wo Sister X auf der anderen Seite stand. Wenn sie nicht so nass und atemlos gewesen wären, hätte man meinen können, zwei andere Pferde hätten gerade in der Box gewütet.

»Was war das denn?«, rief Günter. »Warum sind sie plötzlich ruhig?«

Amanda setzte Sister X die Sonnenbrille auf und erhob sich. »Sister X hat einen sehr beruhigenden Einfluss«, meinte sie mit einem Schmunzeln. »Ich habe das schon öfter genutzt. Wenn ich nicht schlafen kann, hole ich sie zu mir ins Zimmer. Schon nach ein paar Augenblicken schlummere ich wie ein Baby.«

»Baby ist gut«, meinte Opa Schraube.

»Und wenn sie gleich wieder anfangen zu toben?«, fragte der Pfleger mit zitternder Stimme.

Amanda schüttelte den Kopf. »Keine Angst, junger Mann. Heute Nacht werden Sie Ruhe haben.«

»Hoffentlich. Das würde mir auch reichen, denn morgen früh werden sie ohnehin abgeholt.«

Amanda behielt Recht. Die Pferde blieben ruhig, als wäre nichts geschehen. Schließlich begaben sich die Geburtstagsgäste laut über das diskutierend, was sie gerade gesehen hatten, zurück zu Günters Feier. Nur Blümchen und ich blieben noch bei den Pferden.

»Hat tatsächlich dieses seltsame Schaf mit der Sonnenbrille die Pferde beruhigt?«, fragte mich der Pferdepfleger.

»Sieht so aus«, antwortete ich. »Aber das Schaf ist nicht seltsam. Es ist außerirdisch.«

Der Pferdepfleger sah mich mit einem ziemlich blöden Gesicht an. »Ach so. – Na dann.«

»Lass uns gehen«, sagte Blümchen mit einem vorwurfsvollen Blick.

Sie hatte Recht. Wir sollten den armen Typ allein lassen. Er würde sicher noch lange an diese Nacht denken.

Ich ging noch einmal zur Pferdebox und sah hinein. Die beiden Pferde standen immer noch friedlich nebeneinander. Und dann hatte ich plötzlich Angst. Ich weiß nicht, warum, ich weiß auch nicht, wovor. Ich verspürte nur plötzlich eine Angst, wie ich sie noch nie vorher gehabt hatte. Aber es war nicht meine Angst. Sie schien von außen zu kommen!

Blümchen nahm meine Hand. Blümchen ist Boxerin. Sie hat eine Menge Kraft.

»Aua! Was hast du?«

»Komm, wir gehen«, antwortete Blümchen nur und zog mich hinter sich her.

Als wir durch den Stall liefen, musste ich stehen bleiben, so sehr zitterten mir die Knie.

»Ich hatte plötzlich Angst«, sagte Blümchen leise. »Aber ich weiß nicht, wovor. Es war so schrecklich!«

»Du auch?«, rief ich. »Was war das?«

Blümchen schüttelte den Kopf. »Ich weiß nicht. Ich will nur noch weg von hier.«

»Das war ja noch unheimlicher als Amandas Séance vorhin«, sagte Blümchen, als wir auf dem Weg zurück in den Partyraum waren.

»Fandest du die Séance auch so unheimlich?«, fragte ich meine beste Freundin. »Ich habe sogar gedacht, ich höre Stimmen!«

»Du auch?«, rief Blümchen. »Ich dachte erst, jemand am Tisch würde flüstern oder ich würde es mir nur einbilden.«

»So ging es mir auch. Hast du denn etwas verstanden?«

Blümchen schüttelte den Kopf. »Es war zu leise.«

»Vielleicht haben es Amanda und die anderen ja auch gehört«, sagte ich. »Am besten, wir fragen sie gleich.«

✶ 2 ✶

In dem Partyraum war von der ausgelassenen Geburtstagsstimmung nichts mehr übrig. Die Kerzenleuchter und die Kristallkugel standen zwar noch auf dem Tisch, aber niemand schien mehr Interesse daran zu haben, die Geisterbeschwörung fortzusetzen. Penelope lag immer noch auf dem Tisch und schnarchte selig.

Günters Gäste standen in kleinen Grüppchen herum. Es gab nur noch ein Thema: die wild gewordenen Pferde und die Rettungsaktion von Amanda und Sister X.

Blümchen und ich gingen zuerst zum Buffet und stärkten uns mit Gummibärchen. Die hatte Günter extra für uns besorgt. Mittlerweile hatte sich wohl herumgesprochen, dass Gummibärchen unsere Lieblingsspeise sind.

Immer noch kauend gesellten wir uns zu Amanda. Außer Papa, Gerda, Opa Schraube und Günter stand noch ein Mann bei ihr. Er war mir vorher schon aufgefallen, weil er sich öfter mit Gerda unterhalten und sogar mit ihr getanzt hatte. Das konnte er sehr gut, obwohl er ein Bein nachzog, so als wäre eines seiner Knie steif. Er war recht klein, kaum größer als Blümchen und doch war er nicht zu übersehen.

»Da seid ihr ja!«, rief Amanda, als sie uns sah. »Das sind Ricki, die Tochter von Kommissar Kaminski, und Julia – oder besser Blümchen –, die Tochter von Gerda Wolff!«

Der kleine Mann streckte uns seine Hand entgegen. »Ich habe schon viel von euch gehört. Günter, Willi und Walter reden ja kaum noch von jemand anderem als von euch und der geheimnisvollen Amanda X!«, sagte er lachend.

»Verrückt würde besser passen«, meinte Opa Schraube und zog den Mund schief.

»Ich heiße Didi.« Der kleine Mann schüttelte Blümchen und mir die Hand.

»Didi ist ein alter Freund«, sagte Günter. »Er ist einer der besten Jockeys, die ich kenne.«

»Ich *war* einer der besten Jockeys«, verbesserte Didi ihn. »Seit meinem Unfall habe ich auf keinem Pferd mehr gesessen. Nun arbeite ich bei einer Spedition, die sich auf Pferdetransporte spezialisiert hat. Das ist nicht besonders aufregend, aber man muss ja leben.«

»Didi hatte einen Reitunfall«, sagte Gerda. »Dabei wurde sein Bein sehr schwer verletzt.«

Nun verstand ich, warum sich Gerda und Didi so gut unterhalten hatten. Nicht nur, dass er augenscheinlich sehr sympathisch war, er und Gerda hatten auch ein ähnliches Schicksal. Sie war bis zu ihrem schweren Unfall Seiltänzerin in einem Zirkus gewesen. Nach diesem Unfall hatte sie nie wieder auf einem Hochseil gestanden.

»Die Ärzte haben alles getan, um es wieder zusammenzuflicken, aber es hat nichts genutzt«, sagte Didi und klopfte mit den Fingerknöcheln an sein Bein.

Ich erschrak. Es klang nach Holz! Didi hatte bei dem Unfall sein Bein verloren und trug nun eine Prothese. Kein Wunder, dass er nicht mehr als Jockey arbeiten konnte. Trotzdem war es erstaunlich, wie wenig man es ihm anmerkte.

»Können Sie denn damit Auto fahren?«, fragte Papa und sah kurz auf Didis Bein. »Sie haben doch gesagt, Sie arbeiten für eine Spedition.«

»Es geht schon«, antwortete Didi. »Sie haben mir eine spezielle Automatik in den Transporter eingebaut.«

»Didi hat gerade erzählt, dass er die beiden Pferde, die vorhin verrückt gespielt haben, morgen früh wegbringen muss«, sagte Gerda.

Didi nickte. »So ein adliger Fatzke hat sie gekauft.«

Zum Glück hatte das Eleonore nicht gehört.

»Graf Eberhard von Eckstein zu Mümmelbach heißt er. Er ist ziemlich bekannt.«

»Das stimmt«, sagte Günter. »Er besitzt ein Gestüt. Von ihm hatte ich übrigens Luise damals gekauft. Ein knallharter Typ, aber er versteht was von Pferden.«

»Allerdings«, sagte Didi. »Darum hat er sich ja auch ausgerechnet die beiden Pferde ausgesucht.«

»Ausgesucht?«, fragte Opa Schraube. »Wie meinst du das?«

»Es waren nicht die einzigen beiden Pferde, die verkauft worden sind. Aber es sind die besten. Soviel ich weiß, waren sie vorher im Zirkus. Sie sollen dort zu einer Pferdenummer gehört haben. Wirklich erstklassige Tiere!«

»Neles Pferde!«, riefen Blümchen und ich wie aus einem Mund.

»Nele?«, fragte Didi. »Wer ist das?«

»Sie heißt Nele Rapp«, antwortete Amanda. »Sie ist mit den Pferden im Zirkus aufgetreten und ihr gehören sie auch – das heißt, ihr gehörten sie. Wir haben neulich einen ziemlich aufregenden Fall im Zirkus aufgeklärt. Daher wissen wir, dass die Pferde verkauft werden sollten.«

»Zirkus«, sagte Didi und schüttelte den Kopf. »Wo Sie sich überall herumtreiben. Warum hat sie die Pferde denn verkauft? Wenn das meine Pferde wären, hätte ich sie ganz sicher behalten.«

»Nele ist es bestimmt sehr schwer gefallen, sie abzugeben«, seufzte Gerda. »Sie liebt ihre Pferde über alles. Aber sie brauchte das Geld sehr dringend.«

»Aha«, meinte Didi. »Wofür brauchte sie es denn? Hat sie Schulden?«

»Nein, das nicht«, antwortete Papa. »Es ist für ihren Mann. Er befindet sich nämlich gerade –«

»Auf einer längeren Reise«, ergänzte Opa Schraube, als Papa nicht weitersprach.

Didi nickte wissend. »Ich verstehe.«

Das bezweifelte ich. Unser Fall im Circus Barone, bei dem Blümchen und ich sogar mit Amanda und Sister X einen Auftritt in dem ausverkauften Zirkuszelt gehabt hatten, war wohl das Aufregendste und Verrückteste gewesen, was ich je in meinem Leben mitgemacht hatte.

»Dann war die Frau, von der der Pferdepfleger vorhin gesprochen hat, bestimmt Nele«, sagte ich. »Warum hat sie denn die Pferde hier auf der Rennbahn untergestellt?«

Didi zuckte mit den Schultern. »Keine Ahnung. Das musst du sie schon selbst fragen. Ich verstehe nur nicht, warum die Pferde unbedingt zusammen in einer Box stehen sollten. Andererseits, wenn sie sich gut kannten, hätte es eigentlich kein Problem sein dürfen. Na ja, letztlich ist es ja auch egal. Hauptsache, sie haben sich wieder beruhigt und ihnen ist nichts geschehen. Das haben wir Ihnen zu verdanken, liebe Amanda!«

»Nicht mir«, erwiderte Amanda. »Sister X hat sie wieder beruhigt.«

Didi ging in die Hocke und sah Sister X an. »Ein interessantes Schaf. Ich kann mich nicht erinnern, jemals ein so zutrauliches Tier gesehen zu haben.«

»Nicht wahr?«, freute sich Amanda. »Aber es ist nicht zutraulich. Es ist ein Medium – und außerirdisch!«

»Ja, ja«, sagte Didi und grinste.

Noch vor ein paar Wochen hätten Blümchen und ich Amanda genauso wenig ernst genommen, wie Didi es augenscheinlich tat. Aber mittlerweile hatten wir mit Amanda und Sister X so viele unglaubliche Dinge erlebt, dass ich mich schon manchmal fragte, ob Amanda vielleicht Recht hatte und Sister X tatsächlich außerirdisch war. Andererseits war das natürlich unmöglich.

Als Didi, Gerda, Papa und Opa Schraube zum Buffet gingen, um sich zu stärken, wie sie sagten, nutzte ich die Gelegenheit, um mit Amanda über das zu sprechen, was Blümchen und ich während der Séance erlebt hatten.

»Hast du bei der Séance auch etwas gehört?«, fragte ich sie.

»Gehört?«, fragte Amanda zurück. »Warum fragst du mich danach?«

»Weil wir so eine Art Wispern gehört haben«, antwortete Blümchen. »Sehr leise.«

»Ja, stimmt. Das ist auch mir nicht entgangen.«

»Du hast es also gehört?«, rief ich. »Hast du etwas verstanden?«

»Nein, leider nicht. Aber ich finde es interessant, dass ihr es mitbekommen habt. Ihr scheint nämlich, außer mir, die Einzigen zu sein.«

»Woher willst du das wissen?«, fragte Blümchen.

»Ich habe die anderen vorhin gefragt, bevor ihr zurückgekommen seid. Niemandem ist etwas aufgefallen.«

»Vielleicht hören sie nur schlechter«, erwiderte Blümchen. »Schließlich sind die meisten schon ziemlich alt.«

»Das bin ich auch«, sagte Amanda, »und trotzdem habe ich es gehört. Meine Ohren sind bestimmt nicht besser als die von Günter, Willi, Walter oder deinem Opa.«

»Wenn ich nur wüsste, was das zu bedeuten hat!«, rief Blümchen.

»Das würde mich allerdings auch interessieren«,

meinte Amanda. »Es ist schon seltsam, dass ausgerechnet während unserer Séance, als ich nach Günters Pferd gerufen habe, Neles Pferde verrückt spielten. Ich möchte noch einmal in den Stall und mit dem jungen Mann reden. Vielleicht ist ihm etwas aufgefallen. Kommt ihr mit?«

Das ließen Blümchen und ich uns nicht zweimal fragen.

Als wir in den Stall kamen, war alles still. Neles Pferde schienen sich tatsächlich wieder beruhigt zu haben. Der Pferdepfleger saß in einer Ecke und schnarchte fast so laut wie Penelope.

»So kann ich auch aufpassen«, meinte Blümchen.

»Die Aufregung war bestimmt zu viel für ihn«, sagte Amanda. »Der arme Kerl ist sicher völlig fertig.«

Dann beugte sie sich zu Sister X herunter. »Könntest du ihn wecken, meine Liebe?«, flüsterte sie ihrem außerirdischen Schaf ins Ohr. »Aber bitte sanft.«

Sister X lief zu dem Pferdepfleger und rieb ihre Nase an seiner. Gleich darauf öffnete er seine Augen und blickte in die Sonnenbrille von Sister X. Mit einem Satz war er auf den Beinen.

»Aaah!«, brüllte er aus vollem Hals und drückte sich zitternd mit dem Rücken an die Wand.

»Keine Angst«, sagte Amanda ruhig. »Sister X ist zwar außerirdisch, aber sehr friedlich.«

»Ja – äh – das haben die Mädchen auch schon gesagt.«

»Darf ich Ihnen ein paar Fragen stellen?«, fragte Amanda freundlich.

»Gehen Sie dann wieder?«, fragte der Pferdepfleger zurück. »Und nehmen Sie das Schaf mit?«

Amanda zwinkerte Blümchen und mir zu. »Sicher. Wenn Sie unsere Fragen beantworten, sind wir schnell wieder verschwunden.«

»Also gut«, sagte der Pferdepfleger, ohne die Augen von Sister X zu nehmen. »Was wollen Sie wissen?«

»Haben sich die Pferde vorher schon einmal auffällig benommen?«

Der junge Mann schüttelte den Kopf. »Nein, sie waren ganz friedlich – bis vorhin. Aber sie sind ja auch erst seit heute Morgen hier.«

»Warum, glauben Sie, haben sich die Pferde so aufgeführt?«, fragte Amanda. »Ist Ihnen irgendetwas aufgefallen?«

»Nein!«, rief er. »Sie standen ganz friedlich in ihrer Box. Und dann, plötzlich, spielten sie verrückt.«

»Wann genau war denn das?«, fragte Amanda.

»Ich habe nicht auf die Uhr gesehen – so gegen neun Uhr, glaube ich.«

Blümchen und ich schauten uns an. Zu der Zeit hatte Amanda mit ihrer Séance begonnen.

»War das alles?«, fragte der Pferdepfleger. »Gehen Sie jetzt wieder?«

Amanda lächelte ihn an. »Gleich. Ich möchte nur noch etwas über die Frau wissen, die die Pferde hier untergestellt hat. Kennen Sie sie?«

»Nein, als sie heute Morgen die Pferde gebracht hat, bin ich ihr zum ersten Mal begegnet.«

»Wie sah sie denn aus?«

»Na ja – sie sah sehr gut aus. Und sie war sehr freundlich.«

Das war Nele! Blümchen und ich waren vor Neid grün angelaufen, als wir ihr das erste Mal begegnet waren.

Blümchen stieß mir ihren Ellbogen in die Seite. Das wäre nicht nötig gewesen. Ich hatte auch gesehen, dass das Gesicht des Pferdepflegers knallrot angelaufen war.

»Was hat die Frau denn gesagt?«, fragte Amanda.

»Nicht viel. Sie wollte nur, dass die Pferde in einer Box stehen. Daran wären sie gewöhnt. Sie bat mich, die ganze Nacht auf sie aufzupassen. Dann hat sie mir ein richtig gutes Trinkgeld gegeben. Das war alles.«

»Müssen Sie öfter nachts auf die Pferde aufpassen?«, fragte Amanda.

Der Pferdepfleger schüttelte den Kopf. »Nein, aber diese Pferde sind sehr wertvoll.«

»Woher wissen Sie das?«

Er verzog beleidigt das Gesicht. »Ich kenne mich aus! – Außerdem hat der Graf das gesagt.«

»Der Graf?«

»Graf Eckstein. Der hat die Pferde wohl gekauft.«

Den Namen hatte Didi auch erwähnt.

»War er dabei?«, fragte Amanda.

Der Pferdepfleger nickte. »Er hat gesagt, dass es die besten Pferde wären, die er je gesehen hätte. Darum hätte er auch so viel Geld dafür bezahlt. Dann sind er und die Frau gegangen. Mehr weiß ich nicht. – Gehen Sie jetzt endlich?«

»Nur noch eine Frage, junger Mann«, sagte Amanda. »Ist Ihnen sonst etwas an den Pferden aufgefallen? Oder haben der Graf oder die Frau noch etwas gesagt? Bitte denken Sie noch einmal nach!«

»Nein!«, rief der Pferdepfleger. »Da war nichts! – Das heißt –«

»Das heißt?«, fragte Amanda, als er nicht weitersprach.

»Der Graf ist noch einmal kurz zurückgekommen. Er hat sich vor die Box gestellt und zu den Pferden gesagt: ›Mit euch werde ich gewinnen!‹ Das ist aber wirklich alles!«

»Ist es nicht seltsam, dass die Pferde ausgerechnet dann angefangen haben verrückt zu spielen, als du deine Séance begonnen hast?«, fragte ich Amanda, als wir den armen Pferdepfleger endlich von Sister X erlöst hatten und wieder auf dem Weg zu Günters Geburtstagsparty waren.

Amanda nickte nachdenklich. »Das ist schon seltsam. Es kann allerdings auch ein Zufall sein. Vielleicht machen wir uns zu viele Gedanken und alles hat eine ganz natürliche Ursache.«

Mittlerweile war es sehr spät geworden. So dauerte es auch nicht mehr lange, bis sich alle, auch wir, auf den Heimweg machten. Günter schien ganz froh darüber zu sein. Er sah sehr müde aus. Es war sicher eine seiner aufregendsten Geburtstagspartys gewesen, auch wenn er nicht mit Luise hatte sprechen können.

Wir packten Amandas Sachen zusammen und verstauten sie im Kofferraum von Papas Auto. Auch wenn er und Gerda protestierten, bestanden Blümchen und ich darauf, mit Amandas Knattermotorrad, das sie »Bubi« getauft hat, nach Hause zu fahren. Schließlich gaben sie nach – wie immer.

Ich schwang mich auf den Soziussitz, während sich Blümchen und Sister X den Beiwagen teilten. Dieses Mal musste Blümchen sogar noch den schnarchenden Penelope auf den Schoß nehmen. Es machte ihr nichts aus. Für sie und mich gibt es kaum etwas Schöneres, als auf Amandas Bubi mitzufahren.

* 3 *

An Günters Geburtstag hatten Blümchen und ich nicht daran gedacht. Doch am nächsten Tag konnten wir es nicht länger verdrängen: Es war der letzte Ferientag! Eigentlich hätten wir ihn ja noch einmal genießen können, aber wir hingen nur zu Hause herum und bedauerten uns gegenseitig.

Entsprechend schlecht gelaunt saßen wir dann am nächsten Morgen gemeinsam mit Papa, Gerda und Opa Schraube in Amandas Küche.

Amanda wohnt in einem sehr großen Haus. Seit unserem ersten Fall leben wir alle dort. Papa und ich haben zwar unsere eigene Wohnung, genau wie Blümchen, ihre Mama und Opa Schraube, aber trotzdem essen wir fast immer gemeinsam in Amandas Küche. Dort ist es am gemütlichsten.

»Nun macht nicht so ein Gesicht«, sagte Gerda. »Die nächsten Ferien kommen bestimmt.«

»Das dauert aber noch so lange«, erwiderte Blümchen. »Ich darf gar nicht daran denken, die ganzen Typen wieder sehen zu müssen.«

»Vor allem die Lehrer!«, stöhnte ich.

»Ohne die Lehrer würdet ihr aber dumm bleiben«, sagte Papa.

»Und ihr müsstet euren Lebensunterhalt mit Boxunterricht verdienen«, meinte Opa Schraube, ohne den Blick von der Zeitung zu nehmen.

»Hast du denn wieder jemanden, den du trainierst?«, fragte Blümchen.

»Mhm«, brummte Opa Schraube hinter seiner Zeitung. Doch dann sprang er plötzlich auf. »Das gibt es doch nicht!«, rief er.

Blümchens Mama ließ vor Schreck ihren Kaffeelöffel in die Tasse fallen. »Meine Güte, Vater! Hast du mich erschreckt! Was ist denn los?«

»Hier! In der Zeitung! Guckt euch das an!«

Opa Schraube legte die Zeitung auf den Tisch und klopfte mit dem Finger auf eine Schlagzeile:

Wertvolle Pferde spurlos verschwunden!
– Ehemaliger Jockey festgenommen –

Gerda nahm die Zeitung vom Tisch und las den Artikel laut vor: »*Gestern, in den frühen Morgenstunden, wurden zwei wertvolle Pferde aus einem Tiertransporter entwendet. Wie die Polizei mitteilte, entdeckten Spaziergänger den Transporter, der auf einem Waldweg abgestellt war. Da der Motor noch lief und die Türen weit offen standen, alarmierten sie die Polizei.* – Polizei?«, fragte Gerda Papa. »Hast du davon gewusst, Horst?«

Papa zuckte mit den Schultern. »Ich hatte keine Ahnung. Unsere Abteilung erfährt ja auch nicht alles. Vielleicht gehört es nicht in den Zuständigkeitsbereich unseres Präsidiums. Wo ist der Lastwagen denn gefunden worden?«

Gerda sah in die Zeitung. »Davon steht hier nichts. Aber wartet, ich habe noch nicht zu Ende gelesen. – *Kurz darauf wurde der ehemalige Jockey Dietrich K. in der Nähe des Transporters aufgegriffen.*«

»Dietrich K.!«, rief Opa Schraube. »Das ist Didi! Didi Kalauschke! So heißt er!«

»*Seit einem schweren Reitunfall war K. bei der auf Tiertransporte spezialisierten Spedition Meierlein beschäftigt*«, las Gerda weiter. »*Nur wenige hundert Meter von seinem Transporter entfernt wurde K. in offensichtlich verwirrtem Zustand aufgegriffen. Wie uns die Polizei mitteilte, ist K. bereits geständig und wird heute dem Haftrichter vorgeführt. Von den verschwundenen Pferden fehlt jedoch jede Spur.*« Gerda warf die Zeitung auf den Tisch. »Das kann ich nicht glauben! Ich habe mich auf Günters Geburtstag lange mit ihm unterhalten. Er machte einen so freundlichen und sympathischen Eindruck.«

»Das ist er auch!«, rief Opa Schraube. »Didi kenne ich fast schon so lange wie Günter und die anderen Jungs. Der macht keine krummen Sachen. Nicht Didi!«

»Aber in der Zeitung steht, dass er gestanden hat«, entgegnete Papa.

»Ach, papperlapapp! Was die schon schreiben. Das

will ich von ihm selbst hören! Ich gehe gleich zu den Jungs. Da müssen wir etwas unternehmen!«

»Das ist eine gute Idee«, sagte Amanda. »Und Horst könnte sich bei seinen Kollegen erkundigen, was die bisher herausgefunden haben und ob Didi tatsächlich geständig ist.«

»Ich weiß nicht«, sagte Papa zögernd. »Wie gesagt, der Fall gehört möglicherweise nicht in unseren Zuständigkeitsbereich.«

»Aber du kannst dich doch trotzdem mal erkundigen, so von Kollege zu Kollege«, sagte Gerda. »Bitte, Horst! Mir zuliebe!«

Papas Ohren begannen zu leuchten. »Na gut, ich werde es versuchen.«

Blümchen stieß mich unter dem Tisch an. Ich wusste genau, warum. Papa und Gerda können sich sehr gut leiden. Allerdings ist vor allem Papa viel zu schüchtern, um das zuzugeben. Vielleicht liegt es aber auch daran, dass meine Mama und Blümchens Papa gemeinsam verschwunden sind, als Blümchen und ich noch Babys waren. Zuerst konnten wir einen solchen Zufall kaum glauben, denn Blümchen und ich kennen uns erst seit kurzem. Aber seit unserem Fall im Circus Barone wissen wir es genau.

»Schön«, freute sich Amanda. »Das ist ein Wort. Ich werde mich ein wenig mit Sister X zurückziehen und über Didi und Neles Pferde nachdenken.«

»Hoffentlich fällt Ihnen auch was ein«, brummte Opa Schraube.

»Und was sollen wir machen?«, fragte Blümchen.

Ihre Mama sah sie an. »Ihr? Was sollt ihr schon machen? Ihr geht zur Schule!«

Auf dem Weg zur Schule bedauerten Blümchen und ich zunächst Didi, weil er in so schlimmen Schwierigkeiten steckte, und dann uns, weil wir in die Schule mussten, anstatt helfen zu können.

Als ich mit Papa noch in einer anderen Stadt lebte, hätte ich in meiner damaligen Schule bei einem Preis um die beliebteste Schülerin wahrscheinlich den letzten Platz belegt. Das lag vor allem an meinem Äußeren. Ich bin nicht nur klein, dünn und habe knallrote Haare, ich mache mir auch nichts aus den Klamotten, die gerade angesagt sind. Am liebsten trage ich meine alten Jeans, meine abgewetzte Motorradlederjacke und ein Cap, das ich immer verkehrt herum aufsetze.

In dieser Schule ist das nicht viel anders, aber hier ist es mir egal. Erstens habe ich Blümchen und zweitens ergeht es ihr auch nicht besser. Sie ist zwar viel größer und kräftiger als ich, dafür hat sie, was Kleidung betrifft, einen noch ausgefalleneren Geschmack. Sie trägt nämlich am liebsten weiße Blusen, Kniestrümpfe und Blümchenröcke. Das hat ihr auch ihren Spitznamen eingebracht.

Mittlerweile lassen uns die meisten Leute aus unserer Klasse in Ruhe. Sie haben wohl eingesehen, dass wir so sind, wie wir sind, und sie uns auch nicht ändern werden.

Nur unser Lieblingsfeind, Hubert Wacker, lässt nicht locker. Es vergeht kaum ein Schultag, an dem er nicht versucht uns mit unserem Aussehen aufzuziehen. Wahrscheinlich liegt das daran, dass er auch nicht gerade der Schönste ist mit seinen gelben, ungepflegten Zähnen.

So wunderte ich mich nicht darüber, dass er gleich wieder seinen großen Mund aufriss, als Blümchen und ich in die Klasse kamen.

»Seht mal, wer da kommt!«, rief er. »Pumuckel und sein Leibwächter!«

Ich blieb vor ihm stehen. »Redest du mit uns, Hubi? Dann solltest du dir vorher die Zähne putzen! Du stinkst nämlich aus dem Mund wie eine Kuh aus dem –«

Blümchen zog mich von ihm weg zu unserem Platz in der hintersten Reihe. »Lass ihn doch. Wenn du auf seine blöden Bemerkungen eingehst, reizt du ihn nur noch mehr.«

»Du hast gut reden«, erwiderte ich. »Dich lässt er ja auch meistens in Ruhe. Ich wollte, ich könnte auch boxen.«

Blümchen grinste mich an. »Ich kann Opa ja mal fragen, ob er dich trainieren will.«

»Das würde wohl nichts bringen. Bei dem ersten Schlag würde ich schon auf die Bretter gehen, so klein und dünn wie ich bin.«

»Du bist halt ein Fliegengewicht«, meinte Blümchen. »Das ist auch eine Gewichtsklasse beim Boxen.«

Manchmal beneide ich meine Freundin schon um ihr Hobby. Das macht sie irgendwie interessant, finde ich.

Allerdings erwähnt sie es so gut wie nie und es ist ihr immer sehr peinlich, wenn ich vor anderen damit angebe.

Das Boxen hat sie von Opa Schraube gelernt. Es vergeht kaum ein Tag, an dem er und seine Jungs Günter, Willi und Walter nicht in der Boxhalle sind. Opa Schraube hat früher selbst einmal geboxt, aber jetzt trainiert er nur noch Blümchen und manchmal auch andere Boxer. Und das macht er sehr gut. Ich habe schon ein paarmal miterleben können, wie gut Blümchen boxt. Wo ihre Linke trifft, wächst kein Gras mehr. Allerdings setzt sie sie, außer im Boxring, nur in Notfällen ein.

Während der ersten beiden Schulstunden hatten wir Unterricht bei Herrn Leimer, unserem Klassenlehrer. Er tat das, was Klassenlehrer immer gern am ersten Schultag nach den Ferien tun. Er ließ uns erzählen, was wir in den letzten Wochen Aufregendes erlebt hatten.

Da wir in der letzten Reihe saßen, würde es eine Weile dauern, bis wir an der Reihe waren. Das war auch gut so, denn ich hatte keine Ahnung, was ich sagen sollte. Früher hatte ich, wie die anderen, vom Sandburgenbauen an der Nordsee, vom Schnorcheln vor Mallorca oder vom Wandern durch den Schwarzwald erzählt. Doch das hatten Blümchen und ich dieses Mal nicht zu bieten. Dafür waren unsere Abenteuer hundertmal aufregender gewesen. Nur hatte ich keine Lust, das vor Herrn Leimer und der ganzen Klasse zu erzählen.

Blümchen schien meine Gedanken zu lesen. »Was sollen wir denn sagen?«, flüsterte sie mir zu.

»Das habe ich mir auch schon überlegt. Unsere Fälle gehen die jedenfalls nichts an.«

»Das finde ich auch«, gab Blümchen mir Recht. »Am besten, wir erzählen gar nichts.«

So machten wir es auch.

»Wir waren zu Hause«, sagte ich, als ich an der Reihe war. »Und da war es wie immer. Es ist nichts Besonderes passiert.«

»Das stimmt ja gar nicht!«, rief jemand aus der Klasse. »Ich habe euch im Zirkus gesehen.«

»Na, das ist doch was!«, freute sich Herr Leimer. »So ein Zirkusbesuch ist immer aufregend. Ich gehe auch sehr gerne ...«

»Sie sind aufgetreten!«, rief der Blödmann wieder. »Und in der Zeitung standen sie auch!«

»Ihr seid im Zirkus aufgetreten?«, fragte unser Klassenlehrer ungläubig. »Als was denn?«

»Wahrscheinlich als Dick und Doof!«, rief Hubert dazwischen.

»Hubert! Bitte!«, ermahnte ihn Herr Leimer. »Lass die beiden erzählen. Das hört sich doch sehr interessant an.«

»Ach, das war nichts Besonderes«, sagte Blümchen. »In der Zeitung ging es um einen Fall von Rickis Vater. Der ist doch Kommissar. Und im Zirkus haben wir nur geholfen. Aufgetreten sind wir gar nicht sondern jemand anderes.«

»Wahrscheinlich die bekloppte Alte mit ihrem bekloppten Schaf!«, rief Hubert wieder. »Bei der wohnt ihr doch jetzt! Das hat mir mein Vater erzählt! Der arbeitet im Rathaus.«

Ich sprang auf. »Das ist keine bekloppte Alte!«, rief ich. »Sie heißt Amanda und sie ist hundertmal schlauer als du und dein blöder Rathausvater! Und das Schaf heißt Sister X und ist außerirdisch! Jawohl!«

Blümchen trat mir vors Schienbein. Das wäre nicht nötig gewesen. Ich wusste selbst, dass ich Mist gebaut hatte. Das mit Sister X hätte ich nicht sagen dürfen. Manchmal wünsche ich mir, ich hätte nicht eine so große Klappe.

Doch nun war es zu spät. Die Idioten aus meiner Klasse tobten, schrien und schlugen vor Lachen mit ihren Fäusten auf die Tische.

Herr Leimer hatte alle Mühe die blöde Bande zu beruhigen. Als er es dann endlich geschafft hatte, wollte er zum Glück nicht mehr über unsere Abenteuer in den Ferien reden.

»Ich habe euch noch eine wichtige Mitteilung zu machen«, sagte er kurz vor der Pause. »Es geht um unsere Klassenfahrt, die bald ansteht. Bitte überlegt euch doch, wohin wir in diesem Jahr fahren sollen, und macht mir in den nächsten Stunden Vorschläge dazu.«

»Früher habe ich mich immer auf die Klassenfahrt gefreut«, sagte Blümchen, als wir nach der Schule auf dem Weg nach Hause waren. »Aber in diesem Jahr ist es anders. Am liebsten würde ich hier bleiben.«

»Geht mir genauso«, meinte ich. »Wenn ich daran

denke, dass ich den blöden Wacker fast eine ganze Woche lang ertragen muss, wird mir schlecht.«

»Außerdem würde ich viel lieber mit Amanda nach den Pferden suchen und Didi helfen«, sagte Blümchen. »Ich bin mal gespannt, was Opa und dein Papa herausgefunden haben.«

Ohne die Schultaschen in unsere Zimmer zu bringen, machten wir uns zu Hause gleich auf den Weg in Amandas Wohnung. Sie wohnt in der obersten Etage, gleich unter dem Dach. In der ersten Etage wohnen wir, in der zweiten Blümchen mit ihrer Mama und Opa Schraube und im Erdgeschoss hat Gerda ihr Büro. Nach unserem ersten Fall hat sie nämlich ein Detektivbüro gegründet. Zuerst hatte Papa mitgemacht, aber dann wollte er doch lieber wieder bei der Polizei arbeiten.

Die Wohnungen in Amandas Haus sind riesig groß. Zuerst sahen wir in der Küche nach, aber da war niemand.

»Bestimmt ist sie in der Bibliothek«, meinte Blümchen.

Amandas Bibliothek ist das schönste Zimmer in ihrer Wohnung, ja im ganzen Haus. Der Raum ist mit Büchern voll gestopft. Eine Wand ist vom Boden bis zur Decke verglast, mit einer breiten Terrassentür. Dahinter breitet sich eine Wiese aus, so groß wie ein Fußballfeld. Die hat Amanda auf dem Dach des Nebengebäudes für ihr Schaf angelegt. In der Mitte der Wiese steht ein Stall für Sister X, in dem sie sich aber kaum aufhält. Entweder sie steht auf der Wiese und knabbert an den Grashalmen oder sie ist mit Amanda unterwegs.

Blümchen hatte Recht. Amanda saß mit Gerda und Opa Schraubes Boxfreunden in den Sesseln am offenen Kamin.

Opa Schraube kniete vor der Terrassentür.

»Ist das Boxtraining schon vorbei, Opa?«, fragte Blümchen, als wir hereinkamen. »Was machst du da eigentlich?«

»Es ist meine Schuld«, seufzte Amanda. »Ich habe ihm gesagt, dass die Terrassentür nicht richtig schließt, und nun will er sie unbedingt reparieren!«

»Ich will sie nicht reparieren«, gab Opa Schraube zurück, ohne die Augen von der Tür zu nehmen, »ich will sie mir nur einmal ansehen!«

Dabei grinsten seine Freunde Willi, Günter und Walter über das ganze Gesicht. Das war typisch Opa Schraube. Wann immer es etwas zu reparieren gibt, ist er sofort dabei. Das Problem ist nur, dass anschließend meistens ein paar Schrauben übrig bleiben. Darum nennen ihn alle, auch Blümchen, Opa Schraube.

»Na, wie war der erste Schultag?«, fragte Gerda.

»Na ja, ging so«, meinte Blümchen. »Hubert Wacker hat uns mal wieder genervt.«

»Außerdem sollen wir uns überlegen, wohin wir unsere Klassenfahrt machen wollen«, ergänzte ich.

»Eine Klassenfahrt!«, rief Amanda. »Zaubergalaktisch! Darauf freut ihr euch doch sicher!«

»Und wie!«, sagte ich gedehnt.

»Was gibt es denn Neues von Didi?«, fragte Blümchen.

»Das ist eine riesengroße Schweinerei!«, rief Günter. »Wie kann man Didi verdächtigen Pferde geklaut zu haben! So blöd kann nur die Polizei sein!«

»Sag das lieber nicht, wenn Horst dabei ist«, meinte Opa Schraube und erhob sich ächzend. »Die Tür muss nur mal geölt werden, dann funktioniert sie wieder.«

Günter winkte ab. »Ach was! Das kann der ruhig hören. Was soll Didi denn mit den Pferden gemacht haben?«

»Er könnte sie verkauft haben«, antwortete Amanda. »Auf Bestellung sozusagen. Dort, wo man seinen Wagen gefunden hat, wurden die Pferde vielleicht an den Käufer übergeben.«

»Glauben Sie das etwa?«, rief Opa Schraube.

»Nein, das glaube ich nicht. Aber das könnte zum Beispiel die Polizei denken.«

»Und warum ist er dann durch den Wald geirrt?«

»Ist er das?«, fragte ich.

»Nach allem, was wir wissen, stimmt das, was in der Zeitung steht«, antwortete Walter. »Ungefähr dreißig Kilometer von hier haben Spaziergänger den leeren Lastwagen gefunden. Der Motor lief und die Türen standen weit offen.«

»Siehst du!«, unterbrach Günter seinen Freund. »Warum sollte er den Motor laufen und die Türen offen stehen lassen, wenn er die Pferde verkauft hat?«

»Um von der Tat abzulenken«, meinte Amanda. »So

wird die Polizei wahrscheinlich denken«, ergänzte sie schnell, bevor Opa Schraube wieder protestierte.

»Auf jeden Fall haben die Spaziergänger die Polizei angerufen«, erzählte Walter weiter. »Und die haben Didi dann gefunden. Er muss eine ganze Weile durch den Wald geirrt sein und ziemlich wirres Zeug geredet haben. Auf jeden Fall haben sie ihn verhaftet.«

»Wirres Zeug?«, fragte Blümchen. »Was hat er denn gesagt?«

Willi zuckte mit den Schultern. »Das wissen wir auch nicht. Unsere Informanten kennen sich hier in der Stadt besser aus. Aber die Sache ist ja dreißig Kilometer entfernt auf dem Land passiert.«

Blümchen und ich fragen uns immer, woher Opa Schraube und seine Jungs so gut über alles Bescheid wissen. Wahrscheinlich wird in Willis Kneipe, in Walters Wettbüro, auf der Pferderennbahn und im Boxclub eine Menge geredet. Und bestimmt kommen dort auch einige Leute hin, die nicht gerade eine blütenweiße Weste haben. Wir würden aber nie nachfragen, woher sie ihre Informationen haben, denn das würden sie sowieso nicht verraten.

»Was habt ihr denn jetzt vor?«, fragte Gerda.

»Willst du den Fall nicht übernehmen?«, fragte Blümchen ihre Mama. »Du könntest doch die Pferde suchen! Schließlich hast du ein Detektivbüro.«

»Das würde ich ja gerne«, sagte Gerda. »Aber wo soll ich anfangen? Außerdem müsste ich erst die Erlaubnis von Didi haben.«

»Das machen wir schon«, sagte Opa Schraube. »Außerdem waren wir auch nicht untätig. Wir haben Charly beauftragt sich um Didi zu kümmern.«

»Wer ist denn Charly?«, fragte Amanda.

»Eigentlich heißt er Knut Scharlian. Aber alle kennen ihn nur unter dem Namen Charly. Er ist Anwalt und hat schon einige von unseren Freunden rausgehauen, wenn sie mal in Schwierigkeiten waren. Wenn einer Didi helfen kann, dann Charly.«

»Ein Gangsteranwalt!«, rief Amanda begeistert. »Den würde ich gern einmal kennen lernen!«

»Gangsteranwalt!«, schnaufte Opa Schraube. »So was können auch nur Sie sagen. Charly ist der beste Anwalt für schwierige Fälle. – Allerdings ist er auch nicht ganz preiswert. Aber das ist uns Didi wert. Ehrensache!«

»Wenn Sie erlauben, würde ich mich gern an den Kosten für den Anwalt beteiligen«, sagte Amanda.

»Das würden Sie tun? Das ist aber sehr nobel von Ihnen, liebe Frau Amanda!«, sagte Walter und zupfte an seiner Krawatte. Im Gegensatz zu seinen Freunden ist Walter immer gekleidet, als ginge er auf Brautschau.

»Du kannst sie als Gegenleistung ja mal zu Kaffee und Kuchen einladen«, sagte Opa Schraube und zwinkerte Willi und Günter zu.

»Das werde ich auch tun«, gab Walter zurück. »Aber erst, wenn wir Didi aus der Sache rausgeholt haben.«

Willi sah auf seine Uhr. »Wir haben gleich einen Termin bei Charly. Ich bin mal gespannt, ob er schon was unternommen hat.«

»Sie gehen zu ihm?«, rief Amanda begeistert. »Da möchte ich gern mitkommen!«

Günter zuckte mit den Schultern. »Ich habe nichts dagegen. Schließlich bezahlen Sie ja auch.«

»Dürfen Blümchen und ich auch mitkommen?«, rief ich. »Schließlich wollen wir Didi auch helfen!«

»Das kommt gar nicht infrage«, sagte Gerda sofort. »Ihr macht erst eure Hausaufgaben.«

»Nichts auf!«, riefen Blümchen und ich wie aus einem Mund.

»Ich bin dafür, dass die Mädchen mitkommen«, sagte Amanda. »Dort lernen sie vielleicht mehr fürs Leben als in der Schule.«

»Und du solltest auch mitkommen«, sagte Opa Schraube zu seiner Tochter. »Je mehr mithelfen, desto besser für Didi.«

»Meinetwegen«, seufzte Blümchens Mama. »Dann gehen wir eben alle zu eurem Charly.«

* 4 *

»Wollen Sie das Schaf etwa mitnehmen?«, rief Opa Schraube, als wir Bubi hinter Gerdas Auto vor einem großen Bürohaus geparkt hatten.

Amanda sah Opa Schraube verständnislos an. »Sicher. Schließlich geht es bei dem Fall um Tiere. Da hat Sister X ein Recht darauf mitzukommen.«

»Na, wenn das mal gut geht«, schnaufte Blümchens Opa.

Sicher würden wir wieder einmal eine strenge Sekretärin davon überzeugen müssen, Sister X mitnehmen zu dürfen. Darin hatten wir mittlerweile schon Übung.

Doch dieses Mal täuschte ich mich.

Knut Scharlian hatte keine Sekretärin. Sein Büro bestand nur aus einem Raum, an dessen Tür ein windschiefes Schild prangte:

KNUT SCHARLIAN
Rechtsanwalt für schwierige Fälle

Herr Scharlian öffnete uns selbst die Tür. Als ich ihn sah, musste ich an unseren Matheunterricht denken. Der Anwalt für schwierige Fälle schien nämlich nur aus Quadraten zu bestehen.

Der Kopf war ein kleines Quadrat und saß ohne Hals auf einem großen Quadrat, dem Körper. Die Beine waren wiederum etwas kleinere Quadrate und die Füße noch ein wenig kleinere – aber nicht viel kleiner. In dem kleinen Quadrat auf dem Körper steckte eine dicke Zigarre. Ich fragte mich, wie dieser gewaltige Typ überhaupt durch die Tür passte.

»Hallo, Jungs. Da seid ihr ja«, begrüßte er Opa Schraube und seine Freunde. Dann fiel sein Blick auf uns. »Ziemlich großes Aufgebot für den guten Didi. Na, dann kommt mal herein. Hoffentlich habt ihr alle Platz.«

Was er damit gemeint hatte, sahen wir gleich, als wir sein Büro betraten. Erstens war es nicht sehr groß und außerdem sah es darin aus wie in dem Lager einer Papierfabrik. Es gab kaum einen Platz auf dem Schreibtisch, den Regalen und dem Fußboden, auf dem sich nicht Papierstapel türmten. Sogar die beiden Besucherstühle waren voll gepackt. So gut es ging, räumte er die Berge beiseite und bot uns die Stühle an, während er sich in seinen ächzenden Schreibtischsessel fallen ließ.

Opa Schraube und seine Freunde spielten Kavalier und ließen Gerda und Amanda sitzen. Wir anderen suchten uns einen Stehplatz zwischen den Akten.

»Ich denke, es geht um Pferde und nicht um Schafe«, sagte Charly mit einem Blick auf Sister X.

»Das stimmt auch«, sagte Amanda gleich. »Das Schaf

gehört zu mir. Es ist mein Medium. Außerdem ist es außerirdisch.«

»Aha«, sagte Knut Scharlian ungerührt. »Halten Sie die meisten Leute nicht für verrückt, wenn Sie das sagen?«

»Allerdings«, kicherte Amanda. »Die meisten schon.«

Wie ein Zauberer, der einen Kartentrick vorführt, hielt der Anwalt plötzlich ein kleines Kärtchen in der Hand. »Hier meine Visitenkarte. Für den Fall, dass Sie jemanden verklagen wollen, der Sie für verrückt erklärt.«

»Können wir vielleicht endlich zur Sache kommen, Charly?«, schnaufte Opa Schraube.

»Machen wir«, sagte Knut Scharlian, lehnte sich auf seinem immer bedrohlicher ächzenden Schreibtischsessel zurück und blies eine dicke blaue Zigarrenqualmwolke zur Decke. »Ich habe schon mit Didi telefoniert. Er sitzt in Untersuchungshaft. Wenn ich ihn richtig verstanden habe, hat er ein Geständnis abgelegt, dass er die Schuld am Verschwinden der Pferde trägt.«

»Das ist nicht wahr!«, rief Günter dazwischen. »Das glaube ich nicht. Wer weiß, wie sie ihn zu diesem Geständnis gebracht haben!«

»Nun rege dich nicht gleich auf«, sagte Knut Scharlian. Den Anwalt schien wirklich nichts aus der Ruhe zu bringen. »Das kann Didi uns selbst sagen. Ich habe einen Termin für heute Nachmittag.«

»Da kommen wir mit!«, rief Günter. »Das will ich von Didi selbst hören!«

»Meinetwegen. Und was ist mit den anderen Herrschaften? Wollen Sie auch mitkommen?«

»Dürfen wir denn?«, fragte Amanda.

Knut Scharlian zuckte mit den Schultern. »Warum nicht? Ich habe nichts dagegen.«

»Ist denn so viel Besuch erlaubt?«, fragte Gerda.

Zum ersten Mal, seit wir bei ihm waren, nahm Herr Scharlian seine Zigarre aus dem Mund. »Das lassen Sie ruhig meine Sorge sein«, sagte er und zwinkerte Gerda zu. Dann sah er Blümchen und mich an. »Sagt mal, ihr beiden, könnt ihr auf Kommando heulen?«

»Was können wir?«, fragte ich zurück.

»Ob ihr so tun könnt, als würdet ihr weinen?«

Ich sah Blümchen an. Die zuckte erst mit den Schultern, dann nickte sie.

»Ja«, sagte ich zögernd.

»Gut, das werden wir nämlich möglicherweise brauchen können.«

Blümchen und ich sahen uns noch einmal an. Eines war klar: Dieser Charly war zwar ziemlich verrückt, aber er gefiel uns!

Seit unserem ersten Fall hatte ich mir eigentlich geschworen nie wieder ins Untersuchungsgefängnis zu gehen. Dort hatte Papa nämlich gesessen, als er beschuldigt worden war selbst in einen Kriminalfall verwickelt zu sein. Doch nun waren wir hier, weil wir beweisen wollten, dass jemand unschuldig war.

Wie Gerda es vermutet hatte, weigerte sich der Sicherheitsbeamte am Eingang uns alle hineinzulassen, obwohl er Herrn Scharlian augenscheinlich gut kannte.

»So geht das nicht, Herr Scharlian«, sagte er schon zum dritten Mal. »Sie können gern hinein und Herrn Kalauschke besuchen, aber die anderen müssen draußen bleiben.«

»Lieber Herr Schmidt, so verstehen Sie doch«, sagte Charly zu dem Beamten, wie zu einem kleinen Kind, das nicht einsehen wollte, was man ihm erklärte. »Es handelt sich um die Familie von Herrn Kalauschke. Seine Frau, seine Brüder, seine Tochter und seine Enkel. Die vermissen ihren Opa so sehr!«

»Und das Schaf?«, fragte Herr Schmidt.

»Das – äh – ist das Lieblingsschaf von Herrn Kalauschke. Er hat es mit der Flasche aufgezogen!«

»Meinetwegen kann er es persönlich gesäugt haben, hier kommen jedenfalls nur Sie herein.«

»Warum sind Sie so hartherzig, Herr Schmidt? Ich kenne Sie doch sonst als einen liebenswerten, großzügigen und gutmütigen Menschen«, säuselte Didis Anwalt. »Wollen Sie die armen Kinder hier vor den Gefängnistoren *weinen* lassen?«

Damit drehte er sich zu Blümchen und mir um und nickte fast unmerklich mit dem Kopf. Wir kapierten auch gleich und begannen herzerweichend zu schluchzen.

»Nein, alles nur nicht das!«, rief Herr Schmidt.

»Das ist noch gar nichts«, sagte Herr Scharlian. »In meiner Kanzlei haben sie viel *lauter* geweint!«

Blümchen und ich legten noch einen Zahn zu. »Wir wollen unseren Opa wiederhaben!«, heulten wir, so laut wir konnten.

Herr Schmidt hielt sich die Ohren zu. »Das ist ja nicht zum Aushalten!«

Plötzlich lief Sister X auf den Glaskasten zu, in dem Herr Schmidt saß, stellte sich auf die Hinterbeine und sah den Sicherheitsbeamten an. Trotz der Sonnenbrille konnte man deutlich erkennen, was für ein Mitleid erregendes Gesicht sie machte.

Das war wohl zu viel für den armen Herrn Schmidt. »Also gut!«, rief er. »Meinetwegen! Aber wenn das mein Chef erfährt, bekomme ich Ärger!«

»Ich werde ihm nichts sagen«, versicherte Herr Scharlian ihm und winkte uns schnell an sich vorbei.

Danach kamen wir ohne Schwierigkeiten in das Besucherzimmer. Kurz darauf erschien Didi. Ihm fielen beinahe die Augen aus dem Kopf, als er uns alle sah.

»Wie – Was macht ihr denn hier?«

»Wir wollten dich besuchen, alter Junge!«, rief Günter. »Und vor allem wollten wir wissen, wie man dich dazu gebracht hat, diesen Quatsch zu gestehen!«

Didi setzte sich uns gegenüber an den Tisch. »Mich hat niemand zu irgendwas gebracht. Ich habe nur gesagt, was ich weiß.«

»Kapier ich nicht«, sagte Günter.

»Eines nach dem anderen«, unterbrach Charly die beiden. »Also, Didi, nun erzählen Sie mal von Anfang an, was eigentlich passiert ist.«

»Wenn ich das so genau wüsste!«, schnaufte Didi. »Als ich gestern Morgen zum Stall fuhr, hatte ich schon gleich ein ganz seltsames Gefühl. Ich musste immer daran denken, wie die beiden Pferde in ihrer Box getobt hatten. Ich befürchtete, dass sie mir auch Schwierigkeiten machen würden, wenn ich sie in meinen Transporter bringen würde. Und genau so war es dann auch. Fast eine Stunde hat es gedauert, bis wir sie endlich davon überzeugt hatten, mit mir mitzukommen.«

»Überzeugt?«, fragte Amanda. »Wie meinen Sie das?«

»Erst haben sie sich überhaupt nicht von der Stelle bewegt«, erzählte Didi weiter. »Der junge Stallbursche, der uns von Günters Geburtstagsfeier geholt hatte, und ich haben alles versucht – ohne Erfolg. Dann habe ich mich daran erinnert, was ich früher gemacht habe, wenn eines meiner Pferde Angst vor dem Rennen hatte.«

»Angst vor dem Rennen?«, fragte Gerda. »Gibt es das?«

»Aber sicher!«, lachte Didi. »Pferde können ebenso Angst haben wie wir Menschen!«

»Ja, ja, das ist Didi«, sagte Günter. »Darum war er auch einer der besten Jockeys. Er hat die Pferde immer als Wesen mit einer Seele betrachtet. Es gibt Jockeys, die sehen die Tiere als Material an, mit dem sie möglichst schnell ins Ziel kommen wollen. Nicht so Didi! Für ihn waren die Pferde immer gleichberechtigte Partner!«

Irgendwo hatte ich das schon einmal gehört. Ich konnte mich aber nicht daran erinnern, wo das gewesen war.

»Und wie haben Sie sie dann überzeugt?«, fragte Herr Scharlian.

»Ich habe ihnen gut zugeredet«, antwortete Didi. »Ich habe ihnen gesagt, dass sie keine Angst haben müssen, dass ich ihnen nichts Böses tun will und so weiter. Es hat noch eine Weile gedauert, aber dann sind sie, wenn auch zögernd, mitgekommen. Allerdings hatte ich ein schlechtes Gewissen dabei, weil ich das Gefühl hatte, sie nicht überzeugt, sondern überredet zu haben. Aber ich bin trotzdem mit ihnen losgefahren. Hätte ich das bloß nicht gemacht!«

»Warum nicht?«, rief ich. »Was ist denn dann passiert?«

Didi zuckte mit den Schultern. »Erst gar nichts. Es war ein ganz normaler Transport. Doch dann, ich war etwa eine halbe Stunde unterwegs, hörte ich plötzlich Geräusche.«

»Was denn für Geräusche?«, fragte Herr Scharlian.

»Ich kann sie nicht so genau beschreiben. Ich weiß nicht, wie oft ich mir seit gestern den Kopf darüber zerbrochen habe. Es war, als würde jemand leise mit mir reden. Erst dachte ich, das Radio wäre eingeschaltet, doch das war es nicht. Je länger ich fuhr, desto eindringlicher wurde dieses Geräusch. Obwohl ich nichts verstehen konnte, wurde es unerträglich. Schließlich hielt ich den Wagen an. Und dann hörte ich ganz deutlich, dass es aus dem Laderaum kam, in dem die beiden Pferde standen. Es kam mir so vor, als hätte sich jemand darin versteckt.«

»Haben Sie jemanden gesehen?«, fragte Amanda.

»Nein! Das ist es ja! Ich habe durch das Fenster zwischen Führerhaus und Laderaum geschaut, doch ich konnte nur die beiden Pferde entdecken. Schließlich bin ich ausgestiegen. Ich wollte sichergehen. Ich lief um den Wagen herum und öffnete die beiden Ladetüren. Ja, und dann –«

»Was war dann?«, fragte Herr Scharlian, als er nicht weitersprach.

Didi starrte auf den Tisch vor sich, als wäre er mit seinen Gedanken ganz woanders.

»Didi!«, rief nun auch Günter. »Was ist dann passiert?«

Wie aus dem Schlaf gerissen, schrak Didi auf. »Ich – ich weiß nicht! Das ist es ja!«, rief er verzweifelt. »Ich kann mich nicht mehr erinnern! Ich weiß nur noch, dass ich die Türen öffnete – und dann war da etwas.«

»Wurden Sie niedergeschlagen?«, fragte Gerda.

Didi schüttelte den Kopf. »Nein, das war es nicht. Ich zermartere mir das Hirn, aber es will mir einfach nicht mehr einfallen. Manchmal glaube ich, dass mich ein Licht geblendet hat, dann wieder, dass mir jemand eine Decke übergeworfen hat, und dann weiß ich wieder überhaupt nicht mehr, was geschehen ist.«

Mir lief ein kalter Schauer über den Rücken.

»Wann setzt Ihre Erinnerung denn wieder ein?«, fragte Herr Scharlian.

»Irgendwo im Wald«, antwortete Didi. »Als ich zu mir kam, lief ich durch den Wald. Ich hatte keine Ahnung, wie viel Zeit vergangen war. Die Polizisten haben mir später erzählt, wann sie mich aufgegriffen haben. Demnach muss ich fast eine Stunde herumgelaufen sein, ohne mich an die geringste Kleinigkeit zu erinnern.«

Günter kratzte sich am Kopf. »Wenn deine Geschichte stimmt ...«

»Sie stimmt!«, unterbrach Didi ihn. »Das müsst ihr mir glauben! Ich schwöre, dass es so war!«

»Das glauben wir dir ja auch«, beruhigte Günter ihn. »Aber wie kommt die Polizei dann darauf, dass du schuld bist am Verschwinden der Pferde?«

»Das bin ich doch auch«, erwiderte Didi. »Ich hätte den Wagen nicht anhalten und die Türen nicht öffnen dürfen. Nein, ich hätte erst gar nicht mit ihnen losfahren dürfen. Wenn ich nur wüsste, was aus den armen Tieren geworden ist. Das macht mir am meisten zu schaffen!«

»Und was sagt die Polizei zu deiner Geschichte?«, fragte Walter.

»Die glauben mir natürlich nicht, genauso wenig wie der Haftrichter. Ich kann es ihnen noch nicht einmal übel nehmen. Ich kann es ja selbst kaum glauben.«

Herr Schmidt schien sichtlich erleichtert zu sein, als wir das Gefängnis wieder verließen, ohne von seinem Chef bemerkt worden zu sein.

Als wir auf der Straße standen, holte ich ein paarmal tief Luft. Ich schwor mir, sobald nicht wieder in dieses Gefängnis zu gehen, ganz gleich, wer darin saß.

»Das ist typisch Didi«, sagte Günter plötzlich. »Am meisten Sorgen macht er sich nicht um sich selbst, sondern um die Pferde.«

»Seine Geschichte klingt schon ein wenig seltsam«, meinte Herr Scharlian.

»Ich glaube ihm!«, rief Amanda gleich.

»Das kann ich mir denken, gnädige Frau. Sie glauben ja auch daran, dass Ihr Schaf außerirdisch ist. Aber Glauben nützt uns leider nichts. Wir brauchen Beweise!«

»Die werden wir ganz sicher finden«, sagte Günter. »Und wenn ich Tag und Nacht danach suchen muss!«

Herr Scharlian nickte. »Das wirst du wohl auch müssen. Und am besten wäre es, wenn du dabei auch gleich die Pferde wieder finden würdest.«

* 5 *

Als wir nach Hause kamen, saß Papa in Amandas Küche.

»Da seid ihr ja endlich!«, begrüßte er uns. »Wo wart ihr denn? Ihr hättet mir zumindest aufschreiben können, wo ihr euch herumtreibt, dann hätte ich mir nicht solche Sorgen gemacht.«

»Entschuldige bitte, Horst«, sagte Gerda. »Bei Didi hat es länger gedauert, als ich dachte.«

»Ihr wart bei Didi?«, fragte Papa. »Im Untersuchungsgefängnis? Alle?«

»So ist es, lieber Herr Kaminski«, sagte Amanda. »Die Geschichte, die er uns erzählt hat, war hochinteressant.«

Papa ließ sich gegen die Stuhllehne fallen. »Ich fasse es nicht! – Welche Geschichte hat er euch denn erzählt?«

»Von diesem Scharlian habe ich schon gehört«, sagte Papa, als wir ihm von unserem Besuch bei Didi berichtet hatten. »Ich weiß nicht, ob das der richtige Anwalt für Didi ist.«

»Bestimmt ist er das!«, rief ich. »Der ist echt cool, Papa!«

»Das kann ja sein, aber er hat keinen besonders guten Ruf. Allerdings stimmt die Geschichte, die euch Didi erzählt hat, mit dem überein, was ich von meinen Kollegen gehört habe.«

»Dann seid ihr also doch zuständig?«, fragte Gerda.

»Allerdings«, seufzte Papa. »Und zwar mehr, als uns lieb ist.«

»Wie meinst du das?«

»Wir haben von ganz oben, also vom Polizeipräsidenten, die Order bekommen, eine Sonderkommission für diesen Fall einzurichten.«

»So wertvoll sind die Pferde?«, fragte Blümchen.

»Das wohl auch, aber deshalb ist der Präsident nicht an der schnellen Aufklärung interessiert. Es geht um den Menschen, der die beiden Pferde gekauft hat.«

»Um diesen Adelstypen?«, fragte Opa Schraube. »Wie heißt der doch gleich?«

»Graf Eberhard von Eckstein zu Mümmelbach«, antwortete Papa wie aus der Pistole geschossen. »Ich weiß nicht, wie oft ich diesen Namen heute schon gehört habe. Er muss wohl über sehr gute Beziehungen verfügen. Jedenfalls hat er einen ziemlichen Aufstand gemacht und dafür gesorgt, dass die Sonderkommission eingerichtet wurde. Kriminalrat Beinlein hat auch mich dafür abgestellt. Und ratet mal, wer die Kommission leitet!«

»Pauer!«, riefen wir wie aus einem Mund.

»So ist es!«, seufzte Papa wieder.

Kommissar Pauer ist Papas Kollege. Sie haben sich vom ersten Tag an nicht verstanden. Herr Pauer hält Papa für zu weich und Papa seinen Kollegen für zu hart. Da werden sie sich nie einig. Von uns kann Kommissar Pauer auch niemand leiden. Er hat uns bei unseren Fällen schon eine Menge Ärger gemacht. Zum Glück nimmt Papas Chef, Kriminalrat Beinlein, Papa meistens vor Herrn Pauer in Schutz.

»Gibt es denn schon einen Verdacht?«, fragte Opa Schraube.

»Den hat der liebe Graf gleich mitgeliefert. Er verdächtigt einen Kollegen von ihm, wenn man das so ausdrücken darf. Er heißt Baron Siggi von und zu Sinnen.«

»Noch so ein Adelstyp!«, stöhnte Opa Schraube. »Gibt es davon irgendwo ein Nest?«

»Dieser Baron hat die anderen Pferde von Nele gekauft. Und die sind wohlbehalten bei ihm angekommen. Er hatte sich auch für die beiden verschwundenen Pferde interessiert, die wohl mit Abstand die wertvollsten sind. Doch der Graf hat ihn ausgestochen, indem er einen wesentlich höheren Preis geboten hat.«

»Und nun verdächtigt Graf Eckstein den Baron Siggi die Pferde gestohlen zu haben«, ergänzte Amanda.

Papa nickte. »Genauso ist es. Und Didi soll angeblich der Helfershelfer des Barons gewesen sein.«

»So ein Schwachsinn!«, rief Opa Schraube. »Diese Adelstypen sind doch alle nicht ganz dicht in der Birne!«

»Ich muss doch sehr bitten«, sagte Amanda. »Immerhin gehört meine Freundin Eleonore auch zum Adel.«

»Und wenn schon«, brummte Opa Schraube.

»Wir mussten diesem Hinweis natürlich nachgehen«,

erzählte Papa weiter. »Allerdings ohne Erfolg. Der Baron wurde verhört und sein Gestüt durchsucht. Dabei wurden weder die Pferde noch sonst irgendein Hinweis gefunden.«

»Habt ihr ihn denn wenigstens verhaftet, diesen – Baron?«, fragte Opa Schraube.

»Natürlich nicht«, antwortete Papa. »Es gibt doch keinerlei Beweise, dass er etwas mit dem Verschwinden der Pferde zu tun hat.«

»Das gibt es bei Didi auch nicht!«, rief Opa Schraube. »Und den habt ihr trotzdem verhaftet. Aber er ist ja auch nicht so ein adliger Fatzke! Ich finde es jedenfalls wahrscheinlicher, dass der Baron die Pferde geklaut hat!«

Bevor Papa etwas erwidern konnte, stand Opa Schraube auf und knallte die Tür hinter sich zu.

»Das darfst du nicht so ernst nehmen, Horst«, sagte Gerda. »Er ist immer so, wenn es einem Freund von ihm nicht gut geht.«

Da die Stimmung bei den Erwachsenen nicht gerade die beste war, verzogen Blümchen und ich uns in Amandas Bibliothek. Wir beobachteten Sister X auf ihrer Wiese und weckten Penelope, um ihn zu füttern.

»Didi hat auch etwas gehört, genau wie wir bei Amandas Séance«, sagte ich, als wir Penelope dabei zusahen, wie er mit schläfrigen Augen seinen Fressnapf leerte.

»Glaubst du, er hat das Gleiche gehört wie wir?«, fragte Blümchen.

»Keine Ahnung. Jedenfalls hat er auch von Stimmen gesprochen. Das kann doch kein Zufall sein!«

»An Zufälle glaube ich sowieso schon lange nicht mehr«, sagte meine Freundin nur.

Als Penelope satt war, schlief er gleich wieder ein. Wir trugen ihn in seine Lieblingsecke und legten ihn vorsichtig auf sein Kissen.

Plötzlich fiel mir wieder etwas ein. »Ist dir auch aufgefallen, was Günter über Didi gesagt hat? Ich meine, dass er die Pferde als seine Partner ...«

»Allerdings«, unterbrach Blümchen mich. »Ich musste sofort daran denken, wo wir es schon einmal gehört haben.«

»Du kannst dich daran erinnern?«, rief ich. »Ich nämlich nicht. Ich weiß nur, dass ich es schon einmal gehört habe.«

Blümchen sah mich an, als wäre ich nicht ganz richtig im Kopf. »Das hast du vergessen? Das Gleiche hat doch Beppino über Papa gesagt!«

In dem Augenblick fiel es mir wieder ein. Bei unserem letzten Fall im Zirkus hatte uns der Clown Beppino von Blümchens Vater erzählt. Durch ihn hatten wir auch erfahren, dass Blümchens Papa und meine Mama gemeinsam verschwunden sind. Herr Wolff war damals Raubtierdompteur in dem Zirkus, in dem auch Beppino arbeitete. Er hatte über Blümchens Papa genau das gesagt, was Günter über Didi erzählt hatte, nämlich dass er seine Tiere immer als Partner und als Wesen mit einer Seele behandelt hatte.

»Glaubst du, da gibt es einen Zusammenhang?«, fragte ich meine Freundin.

»Kann ich mir nicht vorstellen. Didi kennt Papa doch gar nicht und Günter auch nicht. Außerdem hatte Papa nie etwas mit Pferden zu tun. Er und Didi haben wohl nur sehr viel Ähnlichkeit, wenn es um ihre Tiere geht.«

»Ja, das wird es wohl sein«, sagte ich.

Am nächsten Morgen fragte uns Herr Leimer nach unseren Vorschlägen für die Klassenfahrt.

Blümchen und ich hatten noch keinen Gedanken daran verschwendet. Dafür handelten wir uns eine entsprechende Ermahnung unseres Klassenlehrers ein.

Die Vorschläge der anderen waren allerdings auch nicht sehr aufregend oder sie waren zu teuer. Einer machte sogar den Vorschlag, für eine Woche nach Amerika zu fliegen. Die meisten waren jedoch für einen angesagten Freizeitpark in der Nähe. Mir wurde schlecht bei dem Gedanken tagelang mit Hubert auf irgendwelchen Karussells herumfahren zu müssen.

Zum Glück war Herr Leimer von dieser Idee auch nicht begeistert. »Überlegt euch bis morgen weitere Vorschläge, aber bitte etwas konstruktivere, sonst entscheide ich selbst, wohin wir fahren!« Damit entließ er uns in den wohlverdienten Feierabend.

Blümchen und ich trödelten noch ein wenig herum. So waren wir die Letzten, die aus dem Klassenraum gingen.

Wir waren kaum auf dem Flur, da kam uns Hubert Wacker schon wieder entgegen.

»He!«, rief er. »Eure bekloppte Alte steht vor der Schule!« Er drehte sich auf dem Absatz um und rannte die Treppe zum Ausgang herunter.

»Eine große Klappe hat er – aber Angst hat er auch«, sagte ich. »Wahrscheinlich vor deiner Linken.«

»Kann sein«, meinte Blümchen, »aber ich würde ihn nie schlagen, selbst wenn er noch so blöde Sprüche ablässt.«

»Aber du bist doch Boxerin!«

Blümchen sah mich streng an. »Boxen ist ein Sport und kein Freibrief sich zu prügeln. Das war das Erste, was Opa Schraube mir beigebracht hat.«

Manchmal verstehe ich meine Freundin nicht. Könnte ich so boxen wie sie, würde Hubert sicher öfter mal mit einer blutigen Nase herumlaufen.

Dass Amanda tatsächlich vor der Schule wartete, konnten wir sehr schnell sehen, als wir nach draußen kamen. Um sie, Sister X und Bubi hatte sich eine große Schülertraube gebildet. Sister X lief gerade auf ihren Hinterbeinen im Kreis herum.

»Kann Ihr Schaf sonst noch etwas?«, hörte ich ein Mädchen fragen.

»Was du willst«, antwortete Amanda. »Sister X kann mehr als die meisten Menschen.«

»Auch Motorrad fahren?«, fragte ein Junge.

»Sicher. Soll sie es euch mal vorführen?«

Blümchen und ich kämpften uns durch die Menge.

»Bitte nicht!«, rief Blümchen. »Das ist so peinlich.«

Amanda sah sie verständnislos an. »Aber warum denn? Sister X ist immer zu einem kleinen Spaß bereit. – Na ja, ich habe es ja ohnehin ein wenig eilig.«

»Warum bist du denn hier?«, fragte ich sie.

»Ich muss zu Eleonore und wollte euch fragen, ob ihr nicht mitkommen wollt.«

Und ob wir das wollten! Ein Besuch bei Eleonore ist immer aufregend und lustig.

Als wir uns auf unsere Stammplätze auf Bubi niederließen, genoss ich es, von den anderen angestarrt zu werden, während Blümchen so aussah, als würde sie am liebsten unsichtbar werden. Manchmal ärgere ich mich schon ein wenig darüber, dass Blümchen immer unscheinbar sein möchte, obwohl sie es gar nicht ist – im Gegensatz zu mir. Außerdem hätte ich Sister X gern einmal Motorrad fahren sehen. Daran, dass sie es tatsächlich konnte, zweifelte ich mittlerweile keinen Augenblick mehr. Im Circus Barone war sie ja auch Fahrrad gefahren.

»Was willst du denn bei Eleonore?«, rief ich über Bubis Knattern hinweg, als wir an einer Ampel warten mussten.

»Ich hatte sie sowieso besuchen wollen!«, rief Amanda durch das Geknatter zurück. »Aber sie ist mir zuvorgekommen. Sie hat mich angerufen und mich gebeten zu kommen. Es sei sehr wichtig, hat sie gesagt!«

Eleonore wohnt in einem wunderschönen Haus, das beinahe ein Schloss ist, obwohl sie selbst immer von ihrem »bescheidenen Anwesen« spricht.

Kaum hatten wir an das große Eingangsportal geklopft, öffnete uns auch schon Charles, Eleonores Butler.

»Oh, Miss Amanda und die young ladies! How nice, Sie zu sehen! Die gnädige Mylady ist schon waiting auf you!«

Charles heißt eigentlich Karl. Er träumt davon, genauso vornehm wie ein richtiger englischer Butler zu sein. Darum redet er auch Englisch – jedenfalls versucht er es.

Charles führte uns durch die große Halle zu Eleonores Bibliothek, wo sie uns meistens empfängt, wenn wir sie besuchen.

»Ein Tässchen Tea, Miss Amanda, und Applesaft für die young ladies?«, fragte er, während er uns die Tür zur Bibliothek öffnete.

»Gern, Charles! Und ein Mandellikörchen bitte!«, antwortete Amanda.

Blümchen und ich nickten nur huldvoll, so wie es sich bei einem vornehmen Butler gehört.

Eleonore Freifrau von Hoppenstedt kam mit ausgebreiteten Armen auf uns zu. »Liebe Amanda! Wie schön, dass du gleich gekommen bist! Und die Mädchen hast du auch mitgebracht. Wunderbar!«

»Warum wolltest du mich denn so dringend sprechen?«, fragte Amanda, als wir uns zu Eleonore gesetzt hatten.

»Es geht um einen alten Freund von mir. Er heißt Baron Siggi von und zu Sinnen. Er besitzt ein wunderschönes Gestüt. Ihm gehören die edelsten Pferde. Sie haben schon fast jedes große Turnier gewonnen.«

»Der hat doch Neles Pferde gekauft!«, rief ich.

Eleonore sah mich erstaunt an. »In der Tat! Woher wisst ihr das?«

»Tja«, meinte Amanda, »wir haben eben auch unsere Informationsquellen.«

»Das hat euch sicher Kommissar Kaminski, Rickis Vater, erzählt, nicht wahr? Ja, genau darum geht es. Der Baron hat mich angerufen und gesagt, dass er von der Polizei verhört wurde!«

»Ja, das wissen wir«, sagte Amanda. »Dieser Graf hat ihn verdächtigt, etwas mit dem Verschwinden der Pferde zu tun zu haben.«

»Und deshalb kommt gleich die Polizei, um sein Gestüt zu durchsuchen?«, fragte Eleonore. »Ohne Beweise?«

»Shocking!«, meinte Charles, der uns gerade den Tea, den Mandellikör und den Applesaft servierte.

»Didi haben sie sogar ins Gefängnis gesteckt«, sagte Blümchen.

»Ja, das weiß ich. Aber in unseren Kreisen ist ein Polizeiverhör doch noch etwas erniedrigender.«

Ich musste an Opa Schraube denken und war froh, dass er nicht dabei war.

»Kennen Sie den Grafen, der die verschwundenen Pferde gekauft hat, denn auch?«, fragte ich Eleonore.

»Du meinst Graf Eberhard von Eckstein zu Mümmelbach? Der ist mir flüchtig bekannt. Ich habe ihn ein- oder zweimal auf dem internationalen Springturnier getroffen, das jedes Jahr in der Stadt ausgetragen wird. Aber sonst haben wir keinen gesellschaftlichen Kontakt.«

»Du hast uns immer noch nicht gesagt, warum du mich so dringend sprechen wolltest«, sagte Amanda.

»Nun, meine Liebe, der Baron hat mich gefragt, ob ihr ihm nicht helfen könntet. Ich habe ihm neulich auf einer Wohltätigkeitsveranstaltung von euch und euren Fällen erzählt. Daran hat er sich nun erinnert.«

»Wie sollen wir ihm denn helfen?«, fragte ich.

Eleonore räusperte sich. »Er hofft, ihr helft ihm die Pferde des Grafen wieder zu finden. Nur so glaubt er Graf Eckstein von seiner Unschuld überzeugen zu können, der Arme.«

»Wir hätten sowieso nach den Pferden gesucht«, sagte Amanda. »Aber wenn der Baron uns damit beauftragt, wäre das zaubergalaktisch. Hat er viel Geld?«

Eleonore zog entrüstet die Augenbrauen hoch. »Aber Amanda! Seit wann interessierst du dich für Geld?«

»Nicht ich, liebe Eleonore, sondern Frau Wolff, Blümchens Mutter. Sie hat doch ein Detektivbüro. Ihr würde ein schöner dicker Auftrag eines Barons sicher gut tun.«

»Ja, da hast du Recht«, meinte Eleonore. »Dann sollten wir Frau Wolff auch zu Baron Siggi mitnehmen.«

»Wir fahren da hin?«, rief ich.

»Aber sicher, mein Kind. Schließlich sollt ihr euch davon überzeugen, welch ein wundervoller und ehrenhafter Mensch der liebe Baron ist!«

* 6 *

Blümchens Mama staunte nicht schlecht, als Eleonore sie mit ihrem großen Rolls-Royce abholte. Amanda, Blümchen und ich fuhren selbstverständlich mit Bubi hinter ihr her.

Als Gerda hörte, warum wir zu Baron Siggi fahren wollten, war sie gleich einverstanden mitzukommen. Dieses Mal vergaß sie allerdings nicht, Papa aufzuschreiben, wo wir waren.

Es dauerte fast eine Stunde, bis wir das Gestüt des Barons erreicht hatten. Wenn es nach Blümchen und mir gegangen wäre, hätte die Fahrt ruhig noch länger dauern können.

Von weitem sah das Gestüt wie ein großer Bauernhof aus. Als wir näher kamen, erkannten wir jedoch, dass alle Gebäude Pferdeställe waren. Darin hatten bestimmt sehr viele Pferde Platz. Neben den Ställen stand noch ein Wohnhaus.

»Das ist das kleine, gemütliche Landhaus des Barons«, klärte uns Eleonore auf. »Es hat nur sechsundzwanzig Zimmer, soviel ich weiß.«

Kaum hatten wir davor geparkt, da kam uns ein Mann in einem schmutzigen Arbeitsanzug entgegen. Ich fragte mich schon, ob das einer der Arbeiter des Barons sei, der uns zu ihm bringen würde, da stürzte sich Eleonore auf ihn.

»Mein lieber Baron Siggi! Wie schön, Sie wieder zu sehen!«, juchzte sie. »Leider sind die Umstände äußerst unerfreulich!«

So hatte ich mir einen Baron wirklich nicht vorgestellt. Er war zwar nicht mehr der Jüngste, aber dafür hatte er sich ganz gut gehalten, soweit ich das beurteilen konnte. Eleonore schien er jedenfalls sehr zu gefallen. Sie stürzte auf ihn zu, als wollte sie sich ihm an den Hals werfen. Ein paar Zentimeter vor ihm bremste sie jedoch plötzlich scharf ab. Den Grund dafür erkannten wir, als auch wir uns ihm näherten. Der gute Baron stank erbärmlich nach Pferdemist.

»Sind das Ihre Freunde?«, fragte er und sah über Eleonores Schulter hinweg zu uns.

»Ja, das sind sie!«, rief Eleonore. »Darf ich vorstellen? Amanda X, Frau Wolff und Ricki und Julia.«

»Blümchen«, verbesserte sie meine Freundin.

»Und das ist das Schaf, von dem Sie mir so viel erzählt haben?«, fragte der Baron und zeigte auf Sister X, die Amanda mal wieder nicht von der Seite wich.

»In der Tat!«, rief Eleonore. »Habe ich Ihnen zu viel versprochen?«

Der Baron gab jedem von uns die Hand. Ich fand ihn sehr nett. Wenn er nur nicht so gestunken hätte!

»Sind alle diese Ställe voller Pferde?«, fragte Gerda ungläubig.

»Ja, das sind sie!«, strahlte der Baron. »Das Gestüt ist mein ganzer Stolz. Ohne zu übertreiben, kann ich sagen, dass es eines der besten des Landes ist!«

»Dürfen wir die Pferde mal sehen?«, fragte Blümchen.

»Alle?«, fragte der Baron zurück.

»Nein, nur die von Nele Rapp«, antwortete Amanda.

»Sie kommen gleich zur Sache! Das gefällt mir!«, freute sich der Baron.

»Bitte entschuldigen Sie meinen Aufzug«, sagte Baron Siggi, während wir zu den Ställen gingen. »Ich war gerade dabei, einen der Ställe auszumisten.«

»Das riecht man«, flüsterte Blümchen mir zu.

»Das machen Sie selbst?«, rief Eleonore begeistert und drehte sich zu Amanda um. »Ist er nicht entzückend?«

Der Baron führte uns in einen Stall und zeigte uns acht Pferde. »Das sind die Tiere, die ich von Frau Rapp gekauft habe«, sagte er dann. »Eigentlich brauchte ich sie nicht, denn ich weiß jetzt schon kaum, wie ich die Arbeit allein schaffen soll.«

»Haben Sie denn niemanden, der Ihnen hilft, lieber Baron?«, fragte Eleonore. »Ein Mann Ihres Standes sollte sich nicht für niedere Arbeiten hergeben.«

»Das sehe ich zwar etwas anders, liebe Eleonore«, lachte der Baron, »aber ich hätte gern noch einen Verwalter und einen Stallmeister. Allerdings ist es schwer, gute Leute zu finden.«

»Wem sagen Sie das, mein Bester«, seufzte Eleonore. »Wem sagen Sie das!«

Blümchen und ich hatten Neles Pferde zwar einige Male im Zirkus gesehen, aber ich hätte sie bestimmt nicht wieder erkannt. Dazu sind sich Pferde dann wohl doch zu ähnlich oder ich hatte sie mir im Zirkus nicht richtig angesehen.

»Stimmt es, dass Sie die beiden Pferde, die nun verschwunden sind, auch gern gekauft hätten?«, fragte Gerda.

»Ja, das ist wahr«, sagte der Baron. »Diese Tiere hier sind wirklich sehr schön und wertvoll, aber die beiden anderen sind absolute Weltklasse!«

»Warum haben Sie sie dann nicht gekauft?«, fragte Amanda.

»Ich habe zwar sehr viel Geld für sie geboten, aber Graf Ecksteins Angebot war wesentlich höher. Viel zu hoch, wenn Sie mich fragen, selbst für diese wertvollen Tiere. Da bin ich ausgestiegen. Schließlich habe ich kein Geld zu verschenken.«

Da war ich mir nicht so sicher, wenn ich mir das Gestüt ansah.

»Und Graf Eckstein glaubt nun, Sie hätten die Tiere gestohlen?«, fragte Gerda.

»So ist es leider«, seufzte Baron Siggi.

»Das verstehe ich nicht. Sie könnten sich doch nirgendwo mit ihnen sehen lassen. Oder denkt er, Sie hätten sie verkauft?«

»Nein, für so geldgierig hält Eckstein mich wohl doch

nicht«, lachte Baron Siggi. »Er glaubt, ich wollte die Pferde so lange zurückhalten, bis das große internationale Springturnier in der Stadt vorüber ist. Dort will er mit einem der Pferde starten.«

»Und nun denkt er, Sie hätten Angst, er könne gewinnen?«, fragte Amanda.

»So ist es. Bisher hat er das Turnier nämlich noch nie gewonnen. Und das ärgert ihn über alle Maßen. Was seinen Verdacht darüber hinaus noch nährt, ist die Tatsache, dass die Pferde ganz in der Nähe von hier verschwunden sind. Mein Gestüt liegt nämlich auf halbem Weg zwischen der Pferderennbahn und dem Anwesen des Grafen.«

»Tatsächlich?«, rief Amanda. »Das ist ja interessant!«

»Ist Graf Eckstein denn so ehrgeizig?«, fragte Gerda.

Baron Siggi lachte laut auf. »Er ist ein Verrückter. Wirklich ein Verrückter! Ich liebe meine Pferde, aber er ist besessen davon, mit seinen Tieren möglichst viele Preise zu gewinnen. Und nun denkt er, ich sei genauso veranlagt wie er.«

»Jetzt verstehe ich, warum Sie daran interessiert sind, dass die Pferde gefunden werden«, sagte Amanda.

»Nicht wahr?«, rief der Baron. »Wenn es mir gelingt, die Pferde vor dem Turnier wieder zu finden, dann könnte ich beweisen, dass der Graf Unrecht hat.«

»Wann findet das Turnier statt?«, fragte Amanda.

»In drei Wochen«, antwortete der Baron und sah Amanda an, als könne er nicht verstehen, dass jemand das nicht wusste.

»Ich bin entrüstet, dass dieser Mensch so etwas Abscheuliches von Ihnen denkt, lieber Baron Siggi!«, rief Eleonore.

»Tja, er denkt eben, jeder wäre so ehrgeizig wie er. Es gibt da sogar Gerüchte ...«

»Welche Gerüchte meinen Sie?«, fragte Gerda.

Baron Siggi schüttelte den Kopf. »Ich weiß nicht, ob ich überhaupt davon reden sollte. Schließlich ist nichts bewiesen.«

»Wenn wir Ihnen helfen sollen, dann ist jede Information wichtig für uns«, sagte Gerda.

Ich fand, sie redete schon wie eine richtige Detektivin, obwohl sie ihr Detektivbüro noch nicht sehr lange hatte.

»Na ja«, sagte der Baron zögernd, »es gibt da, wie gesagt, Gerüchte, dass bei Graf Eckstein nicht alles mit rechten Dingen zugehen soll.«

»Sie glauben, er ist ein Betrüger?«, fragte Eleonore.

»Ja, diese Gerüchte gibt es schon länger.«

»Und was genau macht er?«, wollte Gerda wissen.

»Das ist schwer zu sagen. Man weiß nichts Genaues. Früher habe ich nicht viel auf das Gerede gegeben. Aber dann hat er vor einiger Zeit ein großes Turnier mit einem Pferd gewonnen, das als krasser Außenseiter galt. Darüber habe ich mich dann doch sehr gewundert. Nur wie er es anstellt, wenn es überhaupt stimmt, weiß ich leider auch nicht.«

»Dann müssen wir es eben herausfinden«, meinte Amanda leichthin.

»Heißt das, Sie wollen mir helfen?«, fragte der Baron.

»Das ist gewissermaßen unser Beruf. Frau Wolff betreibt nämlich ein Detektivbüro!«

»Das ist gut!« Baron Siggi strahlte.

»Wenn Sie uns den Auftrag geben«, sagte Gerda zögernd, »dann müssten wir noch ... über meine Bezahlung reden.«

Baron Siggi winkte ab. »Geld ist kein Problem. Wenn Sie die Pferde bis zum Turnier nicht gefunden haben, dann berechnen Sie mir bitte Ihr übliches Honorar. Sind die Pferde bis dahin wieder aufgetaucht, dann können Sie den Betrag verdoppeln. Sind Sie damit einverstanden?«

»Das ist wirklich sehr großzügig«, strahlte Gerda. Man konnte regelrecht die Kasse in ihrem Kopf klingeln hören.

»Ich habe einen Auftrag! Ich habe einen Auftrag!«, sang sie leise, als wir zu Bubi und Eleonores Rolls-Royce zurückgingen. »Und endlich einmal geht es nicht darum, Zeugen von Autounfällen zu suchen!«

»Jetzt haben wir noch einen Grund mehr die Pferde schnell wieder zu finden, Mama!«, sagte Blümchen.

»Noch einen?«, fragte Gerda.

»Na, außer Didi zu helfen!«

»Ja, sicher! Didi!«, sagte Gerda schnell und wurde ein wenig rot im Gesicht. Wahrscheinlich schämte sie sich, dass sie bei der Aussicht auf das schöne Geld Didi für einen Augenblick vergessen hatte.

Auch an diesem Abend wartete Papa schon auf uns, als wir nach Hause kamen. Allerdings war er nicht allein. Opa Schraube, Günter, Willi und Walter saßen mit ihm in Amandas Küche.

»Was wolltet ihr denn bei diesem komischen Baron?«, fragte Opa Schraube, kaum standen wir in der Tür.

»Der Baron ist nicht komisch, sondern sehr sympathisch!«, erwiderte Gerda.

»So, so. Das ist ja interessant. *Sympathisch* ist er also.«

»Aber nicht so, wie du schon wieder denkst, Vater!«

»Er wäre auch viel zu alt für Gerda, er ist eher Eleonores Kragenweite«, meinte Amanda mit einem Schmunzeln.

»Und er hat Mama den Auftrag gegeben, die Pferde zu suchen, Opa!«, rief Blümchen. »Das hätte er doch nicht getan, wenn er die Pferde selbst gestohlen hätte!«

»Vielleicht ist er sich ja sicher, dass ihr die Pferde sowieso nicht findet«, meinte Papa. »Und mit dem Auftrag wollte er von sich ablenken.«

»Manchmal wäre mir lieber, du wärst kein Polizist«, seufzte Gerda.

»Zahlt er denn wenigstens gut, euer sympathischer Baron?«, fragte Opa Schraube.

Als Gerda ihm von dem Angebot erzählte, das Baron Siggi ihr gemacht hatte, war Opa Schraube wieder versöhnt.

»Scheint ja tatsächlich ganz in Ordnung zu sein, euer Baron«, meinte er.

»Ist das Geld denn so wichtig?«, fragte Papa. »Schließlich geht es doch darum, Didi zu helfen.«

Blümchens Mama sah ihn mit großen Augen an. »Und ob das Geld wichtig ist!«, rief sie. »Weißt du eigentlich, wie schwer es für mich war, Julia und meinen Vater durchzubringen, bevor Amanda die tolle Idee mit dem Detektivbüro hatte? Manchmal wusste ich nicht, wie ich das Essen und die Miete bezahlen sollte! Da habe ich gelernt, wie wichtig es ist, für seine Arbeit auch gut bezahlt zu werden. Wenn der Baron so viel Geld bezahlen will, dann werde ich es auch annehmen!«

»So hatte ich das noch nie gesehen«, sagte Papa kleinlaut. »Entschuldigung. – Übrigens könntest du sogar zweimal Geld verdienen. Der Graf hat nämlich eine Belohnung für den ausgesetzt, der die Pferde bis zu dem großen Springturnier in drei Wochen wieder herbeischafft.«

»Dieses Turnier scheint für Graf Eckstein ja wirklich sehr wichtig zu sein«, meinte Gerda.

»Weißt du auch etwas darüber?«, fragte Papa.

»Das Turnier wäre ein Motiv für den Baron die Pferde versteckt zu halten«, sagte Opa Schraube, als Gerda von unserem Besuch auf dem Gestüt berichtet hatte.

»Das kann ich mir bei Baron Siggi nicht vorstellen«, meinte Gerda. »Und nicht nur, weil er mir den Auftrag gegeben hat.«

»Welche unlauteren Mittel soll der Graf bei den Turnieren denn eingesetzt haben?«, fragte Günter.

»Ich hatte gehofft, das könnten Sie mir sagen«, antwortete Amanda. »Der Baron wusste nichts Genaues.«

»Ich leider auch nicht«, meinte Günter. »Allerdings erinnere ich mich daran, dass Luise in einem ziemlich schlechten Zustand war, als ich sie damals vom Grafen bekam. Sie war irgendwie verstört. Darum habe ich sie auch preiswert kaufen können. Es hat eine ganze Weile gedauert, bis ich sie wieder hinbekommen habe.«

»Das beweist noch nichts«, sagte Walter. »Außerdem gibt es viele Möglichkeiten, bei einem Turnier zu tricksen. Er könnte den Pferden verbotene Aufputschmittel verabreichen, er könnte seine Konkurrenten bestechen oder was weiß ich noch alles anstellen, um zu gewinnen. Solange wir keine konkreten Anhaltspunkte haben, ist alles nur Spekulation.«

»Dann bleibt uns wohl nichts anderes übrig, als diesem Grafen Eckstein auch einen Besuch abzustatten«, sagte Amanda. »Vielleicht finden wir dort etwas heraus.«

»Ich kann nur hoffen, dass die Pferde bald wieder auftauchen«, seufzte Papa. »Seit bekannt geworden ist, dass der Graf eine Belohnung ausgesetzt hat, ist bei uns die Hölle los! Die Telefone stehen nicht mehr still. Jeder will etwas gesehen oder gehört haben.«

»Seltsam«, meinte Willi. »Bei unseren Informanten ist absolute Funkstille. Die Pferde scheinen wie vom Erdboden verschluckt zu sein. Es gibt Gerüchte, dass sie an einen reichen Ölscheich verkauft wurden und auf Nimmerwiedersehen verschwunden sind.«

»Hoffentlich stimmt das nicht!«, rief ich. »Sonst bekommen wir den armen Didi nie frei!«

»Welche Hinweise gehen denn bei euch ein?«, fragte Gerda Papa. »Geht ihr allem nach, was die Leute euch erzählen?«

Papa schüttelte den Kopf. »Das würden wir gar nicht schaffen. Manchmal glaube ich, jeder in der Stadt hat die Pferde gesehen. Wenn alle Hinweise stimmten, müssten sie manchmal an vier verschiedenen Orten gleichzeitig gewesen sein. Einige behaupten sogar, sie hätten die Pferde im Einkaufszentrum gesehen oder in dem Waldstück, wo sie verschwunden sind. Angeblich sollen sie dort frei herumlaufen.«

»Und ist da etwas dran?«, fragte Günter.

»Das glauben wir nicht, zumindest Kommissar Pauer glaubt es nicht. Und, ehrlich gesagt, muss ich ihm dieses Mal Recht geben. Der Wald wird von vielen Spaziergängern besucht. Wenn die Pferde tatsächlich dort wären, hätten sie sicherlich schon mehr Leute gesehen, als die paar, die bei uns angerufen haben. Außerdem wären die Pferde, falls sie tatsächlich frei herumliefen, bestimmt zu ihrem alten Stall zurückgekehrt.«

Günter nickte. »Ja, Pferde sind sehr anhänglich, besonders wenn sie sich irgendwo wohl fühlen.«

»Allerdings sind sie in der Nähe vom Gestüt des Barons verschwunden«, sagte Gerda. »Und dort gibt es einen sehr großen Wald.«

»Eben«, sagte Papa. »Der Wald ist riesig. Die Sonderkommission besteht aber nur aus ein paar Beamten. Wie sollten die den Wald durchsuchen? Und mehr Beamte stellt uns Kriminalrat Beinlein bestimmt nicht zur Verfügung. Da müssten wir schon konkretere Anhaltspunkte haben als ein paar Anrufe aus der Bevölkerung. Herr Pauer hatte den Vorschlag gemacht, das Gestüt des Barons zu beobachten, aber selbst dafür haben wir nicht genug Leute.«

Plötzlich stieß mich Blümchen unter dem Tisch an.

»Komm, wir gehen in mein Zimmer«, flüsterte sie. »Ich habe eine Idee!«

* 7 *

»Was für eine Idee hast du denn?«, fragte ich sie, als wir auf ihrem Bett saßen.

»Die ist mir gekommen, als dein Papa vorhin erzählt hat, die Pferde wären in dem Wald gesehen worden, wo sie verschwunden sind. Außerdem habe ich in letzter Zeit so viel von Pferden gehört, dass ich Lust bekommen habe, mal auf einem zu reiten.«

Ich war an diesem Abend wohl etwas schwer von Begriff. »Und?«, fragte ich meine Freundin. »Was ist nun deine Idee?«

»Unsere Klassenfahrt!«, rief Blümchen. »Wir sollen doch Vorschläge machen, wohin wir fahren. Was hältst du davon, wenn wir vorschlagen auf einen Reiterhof zu fahren? Und wenn der Vorschlag angenommen wird, versuchen wir einen Reiterhof zu finden, der in der Nähe des Waldes liegt, wo die Pferde angeblich gesehen wurden. Vielleicht können wir ja mal wegschleichen und das Gestüt des Barons beobachten oder uns ein wenig im Wald umsehen. Und wer weiß, wenn wir Glück haben, entdecken wir etwas!«

»Blümchen! Du bist genial!«, rief ich. Und das meinte ich wirklich ernst. »Nun müssen wir nur noch den Leimer von deiner Idee überzeugen. Von den verschwundenen Pferden sagen wir natürlich nichts!«

»Logisch«, meinte Blümchen nur.

Ausnahmsweise konnten Blümchen und ich es am nächsten Morgen kaum erwarten, bis wir bei unserem Klassenlehrer Unterricht hatten. Wir hatten vereinbart, dass ich ihm den Vorschlag machen sollte zu einem Reiterhof zu fahren.

»Du kannst das besser«, hatte Blümchen gemeint, obwohl es ja eigentlich ihre Idee gewesen war.

Herr Leimer stellte unsere Geduld auf eine harte Probe. Er erwähnte die Klassenfahrt mit keinem Wort. Ich wollte ihn aber auch nicht von mir aus darauf ansprechen. Unser Vorschlag sollte so unauffällig wie möglich wirken.

Dann endlich, kurz vor Unterrichtsschluss, erlöste er uns.

»Ich erwarte noch Vorschläge für unsere Klassenfahrt von euch. Also, ich höre!«

Im gleichen Augenblick schoss mein Finger in die Höhe. Ich hatte mir genau überlegt, was ich sagen wollte.

»Ricki! Dieses Mal scheinst du ja daran gedacht zu haben. Das freut mich. Also, was ist dein Vorschlag?«

»Blümchen – ich meine, Julia – und ich haben uns überlegt, am besten wäre, wir fahren irgendwo hin, wo man auch Sport treiben kann.«

»Das ist eine gute Idee!«, strahlte unser Klassenlehrer.

Ich wusste, dass er so reagieren würde. Schließlich ist er auch unser Sportlehrer.

»Und an welchen Sport habt ihr gedacht?«

Jetzt kam es darauf an. »Reiten! Wir schlagen vor, dass wir auf einen Reiterhof fahren.«

Im gleichen Augenblick machte sich lautes Stöhnen in der Klasse breit. Soweit ich es beurteilen konnte, waren es nur Jungenstimmen.

»Wenn ihr reiten wollt, könnt ihr doch euer bekopptes Schaf nehmen!«, rief Hubert Wacker.

»Du solltest ruhig sein, Hubert«, ermahnte ihn Herr Leimer. »Von dir ist bisher überhaupt kein Vorschlag gekommen. Ich finde die Idee gar nicht schlecht. Gibt es weitere Vorschläge?«

Ich sah mich um. Niemand meldete sich.

»Also gut, stimmen wir ab«, sagte Herr Leimer dann. »Wer ist für den Reiterhof?«

Ohne Ausnahme meldeten sich alle Mädchen und ohne Ausnahme blieben die Hände der Jungen unten. Damit war es klar: Wir hatten gewonnen! In unserer Klasse sind die Mädchen nämlich in der Überzahl.

»Gut«, sagte Herr Leimer. »Dann fahren wir also zu einem Reiterhof. Habt ihr euch auch schon überlegt, wohin wir fahren sollen?«

»Nein«, antwortete ich. »Aber wenn Sie wollen, können wir ein paar Adressen heraussuchen.«

»Das ist sehr lobenswert«, sagte Herr Leimer. »An euch könnte sich so mancher in der Klasse ein Beispiel nehmen!«

Blümchen stieß mich unter dem Tisch an. Nun hatten wir nicht nur unseren Vorschlag durchgesetzt, wir hatten auch noch Pluspunkte bei unserem Klassenlehrer gesammelt. Was wollten wir mehr?

Dass nicht alle aus unserer Klasse von dem Vorschlag begeistert waren, merkten wir, als wir nach Unterrichtsschluss aus der Klasse gingen.

»Auf der Klassenfahrt werdet ihr keinen Spaß haben. Das verspreche ich euch!«, sagte jemand hinter uns. Es war natürlich Hubert Wacker.

»Oh doch, das werden wir ganz bestimmt«, entgegnete ich. »Besonders dann, wenn du vom Pferd fällst.«

So ging es noch eine Weile hin und her, bis wir aus dem Schulgebäude kamen.

»Guck mal!«, rief Blümchen. »Da ist Eleonore!«

Tatsächlich! Ihr Rolls-Royce parkte direkt vor unserem Schultor. Charles stand mit versteinerter Miene daneben, während sich um ihn und das Auto noch mehr Schüler versammelt hatten als am Tag zuvor um Bubi.

Ich drehte mich zu Hubert um. »Tut mir Leid«, sagte ich zu ihm. »Wir haben jetzt keine Zeit mehr für dich. Wie du siehst, werden wir abgeholt.«

Während Blümchen und ich zu Eleonores Rolls-Royce gingen, sah ich mich noch einmal zu Hubert um. Von seinem Gesicht hätte ich gern ein Foto gemacht.

So, wie es sich für einen richtigen Butler gehört, öffnete uns Charles die Wagentüren und wir stiegen ein.

Durch die verdunkelten Scheiben sah ich hinaus zu

der staunenden Menge. So mussten sich berühmte Leute fühlen! Und das vor fast der ganzen Schule. Es war einfach nur Klasse! Auch Sister X hatte ihre Vorderbeine auf einen Sitz gestellt und sah nach draußen. Ich hätte mich nicht gewundert, wenn sie meinen Schulkameraden zugewinkt hätte.

»Meine Güte! War das peinlich!«, murmelte Blümchen neben mir. Ich sagte nichts dazu. So ist sie halt.

Erst jetzt sah ich mich im Wagen um. Charles saß hinter einer Glasscheibe und fuhr das große Auto mit unbeweglichem Gesicht durch den dichten Verkehr. Wir waren in dem großen Fahrgastraum, in dem sich zwei breite Lederbänke gegenüberstanden. Auf der einen saßen Blümchen und ich und uns gegenüber Eleonore und Amanda.

»Danke, dass Sie uns abgeholt haben«, sagte ich zu Eleonore.

»Amanda hat darauf bestanden, obwohl mich so viele Kinder immer etwas nervös machen«, sagte Eleonore mit spitzen Lippen.

»Wohin fahren wir eigentlich?«, fragte Blümchen.

»Zu Graf Eckstein«, antwortete Amanda. »Das haben wir doch gestern besprochen. Da wir nicht einfach ohne Grund auftauchen können, habe ich Eleonore gebeten uns noch einmal zu helfen. Wir werden dem Grafen unter dem Vorwand einen Besuch abstatten, dass wir ein Pferd kaufen wollen.«

»Das ist in unseren Kreisen durchaus üblich«, meinte Eleonore.

»Aus diesem Grund konnte ich natürlich nicht mit Bubi fahren. Das wäre nicht vornehm genug«, sagte Amanda und zwinkerte uns zu, ohne dass Eleonore es sehen konnte. »Und außerdem werde ich Sister X im Wagen lassen müssen – auch wenn es mir schwer fällt.«

Es war zwar ganz anders als auf Bubi zu fahren, aber trotzdem genossen wir die Fahrt in dem schönen und bequemen Auto. Ich blickte aus dem Fenster und freute mich über die Leute, die uns nachsahen.

Wie es der Baron gesagt hatte, kamen wir auf dem Weg zu Graf Eckstein fast an seinem Gestüt vorbei.

»Hier irgendwo müssen die Pferde verschwunden sein«, sagte Amanda.

»Wer weiß, wo sie inzwischen sind?«, meinte Eleonore. »Solche Pferde sind auf der ganzen Welt begehrt.«

»Das glaube ich nicht, liebe Eleonore. Ich habe das Gefühl, sie sind immer noch hier in der Nähe.«

Blümchen und ich sahen uns an. Jetzt war der richtige Zeitpunkt Amanda von unserem Plan zu berichten.

»Wir haben dir doch von unserer Klassenfahrt erzählt«, begann ich.

»Ja!«, rief Amanda. »Eine Klassenfahrt! Ach, wie habe ich das als Kind geliebt!«

»Wir fahren dieses Jahr zu einem Reiterhof«, erzählte ich weiter. »Und zwar wollen wir uns einen Hof aussuchen, der hier irgendwo in der Nähe ist. In dieser Gegend gibt es doch so viele Pferde. Das war Blümchens Idee. Super, oder?«

»Ich verstehe nicht ganz«, meinte Eleonore.

»Ich glaube, ich weiß, was die beiden vorhaben«, sagte Amanda. »Sie wollen diese Klassenfahrt dazu nutzen, um hier, wo sie verschwunden sind, ein wenig nach den Pferden zu forschen. Stimmt's?«

»Genau!«, rief Blümchen. »Wer weiß, vielleicht finden wir ja etwas heraus!«

»Eine zaubergalaktische Idee!«, freute sich Amanda. »Aber bitte seid vorsichtig. Das müsst ihr mir versprechen!«

»Klar!«, riefen wir wie aus einem Mund.

»Sollen wir Mama etwas davon sagen?«, fragte Blümchen. »Schließlich hat sie doch den Auftrag bekommen die Pferde zu suchen.«

»Lieber nicht«, meinte Amanda. »Sie würde sich zu viel Sorgen um euch machen. Allerdings habe ich ihr von unserem Besuch bei Graf Eckstein erzählt. Nur wollte sie nicht mitkommen. Das wäre zu auffällig, hat sie gesagt.«

Das Gelände um das Gestüt des Grafen herum war eingezäunt wie ein Gefängnis. Am Eingangstor stand ein Wachhäuschen.

Charles hielt den Rolls-Royce an und kurbelte das Fenster herunter. »Eleonore Freifrau von Hoppenstedt wünscht den Herrn Grafen zu sprechen. – Please!«, näselte er dem Wachmann entgegen, der mit fragendem Gesicht auf uns zukam.

»Da muss ich erst mal sehen, ob der Chef Zeit hat«,

brummte der Wachmann mit einem kurzen Seitenblick auf Sister X und verschwand in seinem Häuschen.

Kurz darauf kam er wieder heraus. »Fahren Sie bis zum Haupthaus vor. Dort werden Sie abgeholt. Aber verlassen Sie den Weg nicht und bleiben Sie nicht stehen!«

»Ist das hier ein Gestüt oder eine Kaserne?«, fragte Eleonore mit hochgezogenen Augenbrauen, während ihr Rolls-Royce über den Kiesweg auf das Haupthaus zuknirschte.

Vor dem Hauseingang hielt Charles an.

»Hier dürfen Sie nicht stehen bleiben!«, brüllte ihn jemand an. »Der Platz ist für den Chef reserviert!«

Amanda sah aus dem Fenster. »Das ist ja wirklich ein sehr netter Empfang.«

Charles kurvte um eine Ecke, dann stiegen wir aus.

Ein Mann in Reiterkluft und mit einer Peitsche in der Hand kam auf uns zu. So, wie er aussah, hätte er eher in Opa Schraubes Boxclub gepasst als auf ein Gestüt.

»Sie wollen den Grafen sprechen?«, fragte er.

»So ist es, mein Bester«, sagte Eleonore, so arrogant und vornehm, wie es nur Adlige können. »Sind Sie ein Bediensteter des Grafen?«

»Wie? – Äh – nein, mein Name ist Theo Meister. Ich bin der Stallmeister hier.«

»Angenehm«, säuselte Eleonore. »Mein Name ist Eleonore Freifrau von Hoppenstedt. Und das sind meine Cousine Amanda und ihre Enkelinnen Ricarda und Julia. Würden Sie uns nun bitte zu Graf Eckstein führen?«

So viel vornehmes Getue machte sichtlich Eindruck auf Herrn Meister.

»Ja, sicher«, sagte er nur, ohne zu fragen, was wir eigentlich vom Grafen wollten.

Er führte uns über den Hof zu einem der Pferdeställe, die mich an Fabrikhallen erinnerten. Überhaupt war es hier ganz anders als bei Baron Siggi. Dort war es, obwohl das Gestüt noch größer war, irgendwie gemütlich. Hier hingegen sah alles modern und technisch aus, eben wie in einer Fabrik.

Im Eingang des Stalls stand ein Mann mit dem Rücken zu uns. Er war nicht sehr groß und, soweit ich es beurteilen konnte, schon älter, aber man sah ihm bereits von weitem an, dass er ein guter Sportler war.

»Das ist der Graf«, sagte Herr Meister und zeigte auf den Mann.

»Stimmt!«, rief Eleonore. »Jetzt erkenne ich ihn!«

»Du Idiot!«, brüllte der Graf in dem Augenblick in den Stall. »Wie oft habe ich dir schon gesagt, du sollst dir von den Pferden nicht alles gefallen lassen! Zeig ihnen, wer der Chef ist!«

»Entschuldigung, Graf Eckstein«, sagte Theo Meister vorsichtig.

Der Graf fuhr herum und sah seinen Stallmeister wütend an. »Ja! Was ist?«

»Äh – Entschuldigung. Hier sind Herrschaften, die Sie gern sprechen möchten.«

»Herrschaften? Welche Herrschaften?« Dann fiel sein Blick auf uns und er musterte uns von oben bis unten.

»Lieber Graf Eckstein!«, säuselte Eleonore. »Erkennen Sie mich nicht? Ich bin es! Eleonore Freifrau von Hoppenstedt!«

Der Graf zog die Augenbrauen zusammen. »Ja, stimmt. Ich erinnere mich. Sind wir uns nicht schon einmal auf einem Turnier begegnet?«

»So ist es, lieber Graf! Und das sind übrigens meine Cousine Amanda und ihre Enkelinnen –«

»Ja, ja, sehr angenehm. Würden Sie mir bitte sagen, was ich für Sie tun kann? Ich habe leider nicht viel Zeit. Wir bereiten uns auf ein Turnier vor.«

»Ja, die Pferde!«, rief Eleonore. »Darum sind wir hier. Wir würden gern eines von Ihnen kaufen.«

»Kaufen?«, rief der Graf. »Wer hat Ihnen gesagt, dass ich ein Pferd zu verkaufen habe?«

»Niemand, lieber Graf Eckstein. Aber Sie haben nun einmal den Ruf die besten Pferde zu besitzen.«

Über das Gesicht des Grafen huschte ein Lächeln. Das schien ihm zu gefallen. Eleonore weiß eben, wie sie mit »ihresgleichen« umzugehen hat.

»Nun, das ist wohl richtig«, sagte der Graf schon viel versöhnlicher. »Interessieren Sie sich denn für ein bestimmtes Pferd?«

»Äh – nein, eigentlich nicht. – Wie wäre es mit einem netten, lieben Tier für die Enkelinnen meiner Cousine?«

Die Miene des Grafen verfinsterte sich gleich wieder. »Nein, da sind Sie hier falsch. Meine Pferde sind nichts für Kinder. Meine Pferde sind Profis. Die würden nur verdorben, wenn Kinder sie reiten.«

So ein Blödmann! Am liebsten hätte ich diesem eingebildeten Typ die Meinung gesagt. Doch ich hielt mich zurück. Schließlich wollte ich Eleonore und Amanda keinen Ärger machen.

»Dürfen wir uns trotzdem ein wenig umsehen?«, fragte Amanda freundlich.

»Nein! Auf gar keinen Fall! – Und nun entschuldigen Sie mich bitte. Ich habe noch sehr viel zu tun. Auf Wiedersehen.«

Damit drehte er sich um, verschwand in einem der Nebengebäude und schlug die Tür hinter sich zu.

Herr Meister zuckte entschuldigend mit den Schultern. »Tja, tut mir Leid. Wie der Herr Graf schon gesagt hat. Leider haben wir kein Pferd zu verkaufen.«

»Sind Ihnen nicht vor kurzem einige wertvolle Pferde abhanden gekommen?«, fragte Amanda unschuldig.

»Woher wissen Sie das?«

»Es stand in der Zeitung.«

»Ach so. Ja, das stimmt. Aber wir dürfen nicht darüber reden. Das hat der Chef ausdrücklich untersagt.«

Amanda hob die Augenbrauen. »Da kann man nichts machen. – Sagen Sie mal, was ist das für ein Gebäude, in das der Graf gerade gegangen ist? Und was sind das für merkwürdige Geräusche? Sollen wir einmal nachsehen?«

Jetzt hörte ich es auch. Es klang wie ein Kratzen oder Schaben und schien tatsächlich aus dem Gebäude zu kommen, dessen Tür der Graf gerade hinter sich zugeknallt hatte.

»Das ist unsere Werkstatt«, sagte Herr Meister schnell. »Dort dürfen Sie nicht hinein. Das ist für Unbefugte absolut untersagt!«

»Dann vielen Dank für Ihre Mühe«, sagte Amanda. »Kommt, Kinder, wir gehen.«

Herr Meister führte uns noch bis zu Eleonores Rolls-Royce.

Als Charles die Wagentür öffnete, sah Sister X heraus.

Herr Meister wich vor Schreck einen Schritt zurück. »Was ist denn das?«, rief er.

»Das ist unser Wappentier, ein Schaf mit Brille«, antwortete Amanda wie selbstverständlich. »Wir nehmen es überall hin mit.«

»Von einem Schaf mit Brille als Wappentier habe ich noch nie gehört«, brachte Herr Meister heraus.

»Dann sollten Sie es sich merken, mein Guter«, lächelte Amanda und stieg ins Auto.

»So ein blöder Typ!«, schimpfte Blümchen, als wir den Weg zum Wachhäuschen zurückfuhren. »Kinder verderben seine Pferde! Was bildet der sich eigentlich ein? Bestimmt hat der Baron Recht damit, dass er ein Betrüger ist!«

»Nicht so voreilig«, sagte Amanda. »Andererseits ist der Graf wirklich nicht besonders sympathisch.«

»In der Tat, meine Liebe. In der Tat!«, sagte Eleonore. Dabei hatte sie ihre Augenbrauen fast bis zum Haaransatz hochgezogen.

»Trotzdem dürfen wir ihn nicht des Betrugs bezichtigen. Dafür gibt es nicht den geringsten Beweis. Allerdings bin ich dafür, dass wir ihn ein wenig im Auge behalten. Mich interessiert vor allem dieser Theo Meister. Der sieht zwar wie ein Preisboxer aus, aber ich denke, er ist ganz zugänglich. Der könnte noch einmal nützlich für uns sein.«

✶ 8 ✶

Am nächsten Tag musste Blümchen gleich nach der Schule zum Boxtraining. Wir hatten vereinbart, dass ich Pferdezeitschriften besorge, in denen wir nach Anzeigen von Reiterhöfen suchen würden.

Da wir nicht unser ganzes Taschengeld dafür ausgeben wollten, lieh ich mir die Zeitschriften aus der Stadtbibliothek. Das ist zwar eigentlich nicht erlaubt, aber da mich die Bibliothekarin gut leiden kann, durfte ich die Zeitschriften ausnahmsweise mitnehmen.

Mit einem ganzen Stapel davon unter dem Arm machte ich mich auf den Weg zur Boxhalle, um Blümchen abzuholen.

Schon vor der Halle kam sie mir, noch in ihrem Boxdress, entgegengelaufen.

»Ricki! Ricki! Endlich kommst du! Schnell, das musst du dir ansehen! Ich hatte schon Angst, du kommst zu spät!«

»Was ist denn los?«, rief ich erschreckt. »Ist was passiert?«

»Wie man es nimmt. Opa trainiert einen neuen Boxer!«

»Das ist doch schön für ihn. Warum regt dich das so auf?«

Blümchen nahm meine Hand und zog mich hinter sich her. »Komm mit! Dann weißt du, was ich meine!«

Die Halle von Opa Schraubes Boxclub ist schon alt und ziemlich verwahrlost. Es fällt kaum Licht herein und es riecht nach abgestandener Luft, Gummi und Schweiß.

In den Boxringen trainieren die Boxer fast Tag und Nacht. An den Wochenenden werden dort auch Kämpfe ausgetragen. Ich war schon so oft hier, um meiner Freundin bei ihrem Training zuzusehen, dass ich die Halle fast so gern mag wie Opa Schraube und seine Freunde.

Blümchen zog mich zu dem hintersten Boxring, in dem auch sie meistens trainiert. Dort standen sich nun zwei andere Boxer gegenüber. Opa Schraube brüllte die beiden von einer Ecke des Rings unablässig an.

»Der mit der goldenen Hose«, flüsterte Blümchen mir zu. »Den trainiert Opa Schraube jetzt.«

»Ist das der, von dem dein Opa neulich erzählt hat?«, fragte ich.

Blümchen nickte heftig. »Ich hatte ja keine Ahnung! Wenn ich das gewusst hätte!«

Ich verstand immer noch nicht, was Blümchen meinte, denn der Boxer mit der goldenen Hose drehte mir den Rücken zu. Doch als er sich umwandte und ich ihn von vorn sah, wusste ich gleich, warum Blümchen so aufgeregt war.

Der Typ war so süß! Der war nicht nur süß, der war supersupersüß! Ich hätte ihn mir gern noch länger angesehen, doch Blümchen zog mich wieder aus der Halle.

»Ist er nicht süß?«, fragte sie mich, als wir wieder draußen waren.

»Supersüß!«

»Nicht wahr? Supersupersüß! Er heißt übrigens Eric Goldmann.«

»Eric Goldmann!« Ich ließ den Namen auf der Zunge zergehen. »Der Name passt zu ihm – und zu seiner Boxerhose.«

»Darum nennen ihn alle hier nur Goldi!«

»Goldi! Wie süß! – Komm! Wir gucken ihn uns noch mal an.«

Als wir zurück in die Halle gingen, kam uns Opa Schraube entgegen.

»Ist das Training schon vorbei?«, fragte Blümchen. Sie konnte ihre Enttäuschung nur schwer verbergen.

»Ja«, brummte Opa Schraube. »Ich habe ihn unter die Dusche geschickt.«

»Wen?«, fragte ich. »Goldi?«

Opa Schraube ließ seinen Zigarrenstummel kreisen. »Er heißt nicht Goldi, sondern Eric! Merkt euch das! Ein Boxer mit dem Namen Goldi. Das fehlte noch!«

Als Blümchen sich umgezogen hatte und wir nach Hause gingen, gab es natürlich nur noch ein Thema: Goldi! Wir waren uns einig, dass wir ihm ein langes, langes Trainingsprogramm mit Opa Schraube gönnten.

In meinem Zimmer fiel es uns dann ziemlich schwer, uns auf die Pferdezeitschriften zu konzentrieren, vor allem weil wir nichts Passendes fanden. Entweder es gab dort, wo wir hinwollten, keine Reiterhöfe, auf denen man Ferien machen konnte, oder sie gaben keine Anzeigen auf.

Als wir zum Abendessen gingen, hatten wir alle Zeitschriften durchgesehen – ohne Erfolg.

»Das war keine sehr gute Idee«, sagte Papa gerade zu Amanda, als wir in die Küche kamen.

»Welche Idee meinst du, Papa?«, fragte ich.

»Das solltest du eigentlich am besten wissen, Ricki!«

»Er meint euren Besuch bei Graf Eckstein«, antwortete Gerda.

»Wir haben uns nur ein wenig umgesehen«, sagte Amanda.

»Das glaube ich euch ja«, erwiderte Papa. »Aber ihr könnt euch sicher vorstellen, was Pauer gesagt hat, als der Graf bei ihm anrief und meinte, jemand hätte sich bei seinem Stallmeister nach den verschwundenen Pferden erkundigt. Als der Graf dann noch die Personen beschrieb, wusste Pauer natürlich gleich, dass ihr es wart. Er hat mir ganz schön die Hölle heiß gemacht.«

»Das tut mir Leid. Wirklich!«, sagte Amanda. »Aber Sie hatten doch keine Schuld daran. Wenn Herr Pauer sich mit jemandem streiten will, dann soll er es mit mir tun!«

Ich war wieder einmal wütend auf diesen Kommissar

Pauer. Er wusste genau, dass er das mit Papa machen konnte, weil der sich meistens nicht wehrte.

Papa machte eine wegwerfende Handbewegung. »Ach, daran bin ich gewöhnt. Seit er der Leiter der Sonderkommission ist, spielt er sich noch mehr auf.«

»Haben denn wieder Leute angerufen, die die Pferde irgendwo gesehen haben wollen?«, fragte Blümchen.

»Die gibt es jeden Tag«, antwortete Papa nur.

»Waren auch wieder welche dabei, die behauptet haben, sie hätten die Pferde in dem Wald gesehen, wo sie verschwunden sind?«

Blümchen stieß mich unter dem Tisch an. Sie hatte Recht. Die Frage war sehr auffällig gewesen. Doch zum Glück schien Papa es nicht zu merken.

»Ein paar, glaube ich«, erwiderte er. »Aber, wie gesagt, es wird ja alles Mögliche behauptet. Gestern hat uns jemand zu einem Stall geschickt, wo er die Pferde angeblich sicher wieder erkannt hat. Als wir ankamen, standen zwei Schimmel darin. Dabei haben wir doch in all unseren Anzeigen und Ausrufen ausdrücklich gesagt, dass es sich um Rappen handelt. Aber manche Leute scheinen schwarz und weiß nicht auseinander halten zu können. Ich fürchte, die Pferde sind längst über alle Berge.«

»Und wie sollen wir dann Didis Unschuld beweisen?«, fragte ich.

»Wir sind ja auch noch da«, sagte Amanda und zwinkerte mir zu.

»Wie geht es eigentlich Goldi?«, fragte Blümchen Opa Schraube während des Essens.

»Der heißt Eric! Wie oft soll ich das noch sagen!«, schnaufte Opa Schraube. »Aber eigentlich kann es mir egal sein. Ich weiß sowieso nicht, ob ich den lange trainiere.«

»Warum denn nicht, Opa?«, rief Blümchen. Ihr entsetztes Gesicht war schon ein wenig auffällig, fand ich.

»Der Junge ist ein Talent, wirklich ein großes Talent«, sagte Opa Schraube. »Aber ich fürchte, es fehlt ihm etwas Wichtiges. Killerinstinkt!«

»Killerinstinkt!«, rief Amanda. »Das hört sich nicht sehr freundlich an.«

»Boxen ist ja auch nicht freundlich. Da geht es schließlich darum, dass zwei Leute aufeinander einprügeln, bis einer umfällt. Und wenn man schlau ist, stellt man es so an, dass der andere umfällt und nicht man selbst. Das nennt man Killerinstinkt!«

»Schlimm genug«, meinte Amanda.

»Ach ja? Sie müssen es sich ja nicht ansehen!«

Blümchen und ich standen leise auf. Das war wieder eines der typischen Streitgespräche zwischen Opa Schraube und Amanda. Manchmal habe ich den Eindruck, sie genießen es regelrecht.

»Dieser Pauer ist wirklich ein Idiot!«, schimpfte Blümchen, als wir später in ihrem Bett lagen. Auch wenn wir jeweils unser eigenes Zimmer haben, schlafen wir jede Nacht in einem Bett, abwechselnd bei mir und bei ihr.

»Allerdings«, gab ich ihr Recht. »Aber es ist schon seltsam, dass so viele Leute die Pferde in dem Wald gesehen haben wollen. Vielleicht finden wir bei unserer Klassenfahrt ja tatsächlich etwas heraus.«

»Nur kennen wir leider immer noch keinen Reiterhof in der Nähe«, sagte Blümchen. »Sollen wir die Zeitschriften noch einmal durchsuchen? Vielleicht haben wir eine Anzeige übersehen.«

Wir waren gerade bei der dritten Zeitschrift angelangt, da klopfte es an Blümchens Tür.

Es war Amanda.

»Hallo, ihr zwei. Habt ihr einen passenden Reiterhof entdeckt?«

»Leider nicht«, seufzte ich. »Wir sehen die Zeitschriften schon zum zweiten Mal durch.«

»Das ist schade. Es wäre wirklich gut, wenn wir den Wald ein wenig beobachten könnten.«

»Glaubst du, dass die Pferde noch dort sind?«, rief ich. »Die Leute wollen sie doch auch woanders gesehen haben.«

»Der Wald ist aber am wahrscheinlichsten«, sagte Amanda. »Ich habe gerade noch ein wenig mit Sister X auf ihrer Wiese gesessen und nachgedacht. Und plötzlich war mir alles klar. Wahrscheinlich lag es an der Anwesenheit von Sister X. Es ist wie ein Puzzle. Noch fehlen ein paar Teile, aber ich sehe schon recht deutlich ein Bild vor mir.«

»Was meinst du, Amanda?«, fragte Blümchen.

»Ich glaube, die Pferde wurden nicht gestohlen oder

verschleppt. Ich halte es für viel wahrscheinlicher, dass sie fortgelaufen sind und sich im Wald versteckt halten.«

»Wie kommst du darauf?«, fragte ich.

»Weil alles zusammenpasst. Den entscheidenden Hinweis hat mir neulich Günter gegeben. Er hat gesagt, dass Pferde, wenn sie frei wären, dorthin zurückkehrten, wo sie sich wohl fühlen.«

»Dann wären sie zu Nele gelaufen«, sagte ich.

»Nein, zum Zirkus! Dort war ihre Heimat – und da sind die anderen Pferde«, erwiderte Amanda. »Aber der Zirkus ist schon weitergereist und kommt erst im Winter wieder. Wenn meine Theorie stimmt, dann würden sie zu ihrer Herde zurücklaufen.«

»Also zu den Pferden, die jetzt beim Baron sind!«

»Genau! Und wo sind die beiden verschwunden?«

»In der Nähe seines Gestüts!«, rief ich.

»Eben«, sagte Amanda. »Es bleiben nur zwei Fragen offen: Warum irren sie immer noch im Wald herum, anstatt zum Gestüt des Barons zu laufen, und warum sind sie überhaupt aus Didis Transporter geflüchtet?«

»Die Stimmen!«, rief Blümchen. »Er hat den Laster angehalten, weil er Stimmen gehört hat.«

Amanda nickte. »Die könnten damit zu tun haben. Nur was sie bedeuten, weiß ich noch nicht.«

»Könnte es nicht auch sein, dass die Pferde zum Gestüt des Barons gelaufen sind und er sie tatsächlich versteckt hält, so, wie der Graf es behauptet?«, fragte ich.

»Dann wären sie nicht im Wald gesehen worden. Andererseits möchte ich das auch nicht ausschließen.«

»Schade, dass der Baron keine Feriengäste aufnimmt«, sagte Blümchen plötzlich. »Dann könnten wir den Wald beobachten und uns auf dem Gestüt des Barons nach den verschwundenen Pferden umsehen.«

Amanda sah Blümchen an und kratzte sich am Kopf. »Das wäre natürlich eine Lösung«, sagte sie.

»Wie meinst du das?«, fragte ich.

»Ich habe eine Idee, aber ich weiß noch nicht, ob es klappt. Lasst mich nur machen. Ich sage euch dann Bescheid.«

»Beeile dich aber!«, rief ich ihr nach, als sie aus dem Zimmer ging. »Unser Klassenlehrer will morgen bestimmt von uns wissen, ob wir einen Reiterhof gefunden haben!«

Bis zuletzt hatte ich gehofft, dass die letzte Schulstunde ausfallen würde. Die hatten wir nämlich bei Herrn Leimer. Und der würde bestimmt nicht begeistert sein, wenn Blümchen und ich ihm sagen mussten, dass wir noch keinen geeigneten Reiterhof gefunden hatten.

Um ganz sicherzugehen, hatten wir uns die Adresse eines Reiterhofs rausgesucht, der zwar nicht dort war, wo wir hinwollten, aber so standen wir wenigstens nicht mit leeren Händen da. Allerdings wollten wir diese Adresse nur im äußersten Notfall herausrücken.

Kaum hatte Herr Leimer die Tür hinter sich geschlossen, stellte er auch schon die entscheidende Frage: »Nun, Ricki und Julia, seid ihr fündig geworden? Wohin soll die Reise gehen?«

»Nun ja«, begann ich vorsichtig, »es war nicht ganz so einfach.«

»Soll das etwa heißen, ihr habt keinen Reiterhof gefunden?«

»Ehrlich gesagt – nein.«

»Ja, ja! Große Klappe und nichts dahinter!«, rief Hubert.

Dieses Mal konnte ich noch nicht einmal etwas darauf sagen. Wieder wünschte ich mir, ich hätte Blümchens Boxtalent.

»So geht das aber nicht«, sagte Herr Leimer. »Wir wollen in der nächsten Woche fahren! Da müssen noch Vorbereitungen getroffen werden und ...«

»Können wir nicht vielleicht bis morgen warten?«, unterbrach Blümchen ihn. »Dann haben wir bestimmt einen Vorschlag.«

»Nein, nein! Das ist mir zu unsicher. Also, wenn das so ist, dann bleibt uns wohl nichts anderes übrig als zu einem Freizeitpark zu fahren.«

»Bitte nicht!«, rief ich. »Vielleicht haben wir ja doch einen Reiterhof gefunden. Der ist zwar nicht ganz so –«

Ich konnte meinen Satz nicht zu Ende bringen, denn plötzlich klopfte es, die Tür des Klassenzimmers flog auf und Amanda kam mit Sister X an ihrer Seite hereingestürmt.

»Guten Tag! Ist das die Klasse von Ricarda Kaminski und Julia Wolff?«

»Äh – ja«, sagte Herr Leimer verdattert. »Aber wer sind –«

Wieder flog die Tür des Klassenzimmers auf und unser Hausmeister stürzte mit hochrotem Kopf herein.

»Es tut mir Leid, Herr Leimer!«, keuchte er. »Ich habe der Dame gesagt, sie kann Ihren Unterricht nicht stören. Außerdem habe ich ihr ausdrücklich untersagt das Schaf mit in die Schule zu nehmen. Wo kämen wir denn da hin, wenn das jeder täte?«

»Ich bin nicht jeder«, sagte Amanda kühl. »Außerdem ist dieses Schaf mein Medium. Es begleitet mich überall hin.«

»Das ist die bekloppte Alte!«, brüllte Hubert los. »Und das bekloppte Schaf, das angeblich Motorrad fahren kann!«

Amanda sah ihn nur kurz an. »Und du bist sicher Hubert, der sich nie die Zähne putzt. Stimmt's?«

Unser Lieblingsfeind lief knallrot an. Endlich einmal!

Herr Leimer hob die Arme. »Ruhe! Bitte! Ruhe! – Gehen Sie ruhig. Ich mache das hier schon«, sagte er dann zu unserem Hausmeister, der sich mit einem halb ängstlichen, halb verächtlichen Blick auf Sister X schnell wieder verzog.

»Darf ich nun wissen, was Sie und Ihr – äh – Schaf hierher führt?«, fragte Herr Leimer Amanda.

»Ihre Klassenfahrt.«

»Wie bitte?«

»Ricki und Blümchen sollten doch die Adresse eines Reiterhofs für die Klassenfahrt besorgen.«

»Was sie leider nicht getan haben«, ergänzte Herr Leimer.

»Das ist nicht ganz richtig. Es stand nur bis gestern Abend noch nicht fest, ob es klappt. Doch ich bin gekommen, um Ihnen zu sagen, dass Baron von und zu Sinnen einverstanden ist.«

»Amanda! Du bist Spitze!«, rief ich in die Klasse und es war mir egal, was Herr Leimer, Hubert oder sonst wer dazu sagte.

»Ich verstehe nicht ganz«, sagte Herr Leimer mit einem gequälten Lächeln.

»Die Sache ist ganz einfach: Baron Siggi ist damit einverstanden, dass Sie und Ihre Klasse eine Woche lang sein Gestüt besuchen – mit Unterkunft und voller Verpflegung. Selbstverständlich kostenlos.«

»Ja, ja – äh – selbstverständlich«, stammelte Herr Leimer. »*Der* Baron von und zu Sinnen? Der das berühmte Gestüt besitzt?«

»Genau der«, schmunzelte Amanda. »Sie wohnen in seinem Landhaus. Ein wunderschönes, adliges Anwesen.«

»Ja – dann vielen Dank«, konnte Herr Leimer nur noch sagen.

»Keine Ursache. Doch nun muss ich gehen. Mein Schaf und ich haben noch eine Menge zu erledigen.«

Sie winkte Blümchen und mir noch einmal zu und ließ den verdatterten Herrn Leimer und unsere jubelnde Klasse allein.

* 9 *

»Das war ja ein spitzenmäßiger Auftritt«, sagte ich zu Amanda, als wir gemeinsam am Mittagstisch saßen.

Blümchen und ich waren allein mit ihr. Papa hatte Dienst, Gerda war anscheinend für das Detektivbüro unterwegs und Opa Schraube versuchte Goldi Killerinstinkt beizubringen.

»Wie hast du es überhaupt hingekriegt, dass wir zum Gestüt des Barons fahren dürfen?«, fragte Blümchen. »Und dann auch noch kostenlos!«

»Ich habe gestern Abend überlegt, wie ich es anstellen soll«, antwortete Amanda. »Und dann habe ich gedacht, dass der einfachste Weg immer der beste ist. Also bin ich heute Morgen zu Baron Siggi gefahren und habe ihn gefragt.«

»Und er war einverstanden?«, fragte ich.

»Sofort. Er hat gesagt, er mag Kinder und er würde sich freuen, wenn er euch etwas über den richtigen Umgang mit Tieren beibringen könnte.«

»Der hat bestimmt keine krummen Dinger gedreht«, sagte Blümchen und schüttelte den Kopf.

»Ich finde die Theorie, dass die Pferde immer noch irgendwo im Wald sind, auch wahrscheinlicher«, sagte Amanda. »Das müssen wir nur beweisen. Und ich glaube, ich weiß auch schon wie!«

»Sagst du es uns oder müssen wir wieder raten?«, fragte ich.

Amanda sah auf ihre Uhr. »Wenn sie pünktlich ist, müsste sie in ein paar Minuten kommen und uns die Antwort mitbringen.«

»Sie? Wen meinst du?«, fragte Blümchen.

»Deine Mama. Ich habe ihr erzählt, dass ihr euch auf eurer Klassenfahrt ein wenig nach den Pferden umsehen wollt.«

»Und damit war sie einverstanden?«, fragte Blümchen. »Gestern Abend war sie doch noch dagegen!«

»Ich habe heute Morgen mit ihr darüber geredet und ihr gesagt, sie soll mehr Vertrauen in eure Fähigkeiten haben. Sicher, es ist nicht ganz ungefährlich, aber auch nicht gefährlicher als mit dem Fahrrad durch die Stadt zu fahren. Das hat sie wohl eingesehen. Außerdem will sie uns helfen. Schließlich hat sie ja den Auftrag von Baron Siggi bekommen.«

»Wo ist sie denn jetzt?«, fragte ich.

Bevor Amanda antworten konnte, läutete es an der Tür.

»Das kann sie euch selbst erzählen.«

Blümchens Mama ließ sich stöhnend auf einen der Küchenstühle fallen.

»Jetzt brauche ich erst einmal einen Kaffee!«

Amanda stand auf. »Ich koche Ihnen einen schönen starken. In der Zeit können Sie erzählen, was Sie herausgefunden haben.«

»Wo warst du denn, Mama?«, fragte Blümchen.

»Hat euch Amanda das nicht erzählt? Ich war bei Nele Rapp!«

»Bei Nele? Was wolltest du denn da?«

»Ich habe mich nach ihren Pferden erkundigt. Die arme Nele! Es ist schon ein Trauerspiel. Sie wohnt in einem schäbigen, kleinen Hotel. Das hat sie sich wohl auch anders vorgestellt.«

»Aber sie hat doch so viel Geld für die Pferde bekommen«, sagte ich.

»Erstens hat der Graf noch nicht bezahlt, weil er seine Pferde ja noch nicht hat, und außerdem braucht sie das Geld für ihren Mann. Und wenn dann noch etwas übrig bleibt, will sie sich vielleicht ein kleines Gestüt kaufen. Davon träumt sie immer noch. Darum spart sie, wo sie nur kann.«

»Was haben Sie denn über ihre Pferde herausbekommen?«, fragte Amanda.

»Es ist genau so, wie Sie vermutet haben, Amanda. Alle ihre Pferde haben sich sehr gut verstanden, hat Nele erzählt. Das muss auch so sein, sonst kann man mit ihnen im Zirkus nicht auftreten. Aber drei von ihnen waren sozusagen unzertrennlich. Sie sind auch während der Vorstellungen immer nebeneinander geritten.«

»Lassen Sie mich raten«, unterbrach Amanda sie. »Zwei davon sind die vermissten Pferde.«

Gerda nickte. »Genau. Und das dritte wurde an den Baron verkauft. Nele hat gesagt, es hätte ihr beinahe das Herz gebrochen, die drei zu trennen, aber der Graf wollte das eine Pferd nicht kaufen und der Baron nicht die beiden anderen, weil sie ihm zu teuer geworden waren. So wäre ihr nichts anderes übrig geblieben.«

»Wie sieht das dritte Pferd denn aus?«, fragte Amanda.

»Nele sagt, es sei leicht zu erkennen. Es ist ein Schimmel. Außerdem hat er ein Kennzeichen. Einen schwarzen Rand um eines seiner Augen, wie der Hund aus der Fernsehserie *Die kleinen Strolche*. Darum haben sie ihm auch den Namen ›Strolch‹ gegeben. Die beiden verschwundenen Pferde sind Rappen. Die haben wir ja schon auf der Rennbahn gesehen.«

»An den Schimmel kann ich mich erinnern!«, rief Blümchen. »Den habe ich gesehen, als wir den Baron besucht haben. Er ist mir gleich aufgefallen, weil er so lustig aussah!«

Amanda setzte sich wieder und schenkte Gerda und sich einen Kaffee ein. »Noch ein Teil des Puzzles«, sagte sie mehr zu sich selbst.

»Wie meinen Sie das?«, fragte Gerda.

»Ich glaube immer mehr daran, dass die beiden Pferde geflohen sind. Und Nele hat uns den Grund dafür genannt. Sie wollten wieder mit ihrem Freund aus dem Zirkus zusammen sein.«

»Glauben Sie, dass Pferde so überlegt handeln können?«, fragte Gerda.

»Aber sicher! Denken Sie doch daran, was Sister X alles fertig bringt!«

»Ja Sister X«, sagte Blümchens Mama gedehnt. »Die ist ja auch etwas ganz Besonderes. Aber Pferde?«

»Unterschätzen Sie die Tiere nicht«, sagte Amanda und lächelte Gerda auf eine seltsame Weise an.

»Wenn die beiden Pferde zu ihrem Freund wollten, warum sind sie dann nicht längst in Baron Siggis Gestüt aufgetaucht?«, fragte ich.

Amanda zuckte mit den Schultern. »Das weiß ich auch nicht. Vielleicht haben sie vor etwas Angst.«

»Oder sie sind längst dort und der Baron hält sie versteckt«, sagte Gerda.

»Das ist zwar unwahrscheinlich, aber möglich. Wenn Ricki und Blümchen mit ihrer Klasse auf dem Gestüt sind, werden wir es herausfinden. Da bin ich mir ganz sicher. Wir müssen uns nur genau überlegen, wie!«

»Und wir dürfen den Männern nichts davon erzählen«, sagte Gerda.

Darauf gaben wir uns die Hand!

Bis zu unserer Klassenfahrt hatten wir noch eine Woche Zeit. Wann immer es möglich war – also immer, wenn weder Papa noch Opa Schraube in der Nähe waren –, hockten Blümchen, Gerda, Amanda und ich zusammen und überlegten, wie wir unsere Theorie beweisen wollten.

In der restlichen Zeit gingen wir zur Schule, ärgerten uns mit Hubert Wacker herum oder bewunderten Goldi bei seinem Boxtraining. Allerdings schien er uns überhaupt nicht zu bemerken, was uns natürlich sehr ärgerte.

Jeden Abend erstattete Papa Bericht, welche Fortschritte die Polizei im Fall der verschwundenen Pferde machte. Meistens lief es darauf hinaus, dass sie überhaupt keine Fortschritte machte und der Graf immer ungeduldiger wurde.

»Bis zu dem Turnier sind es nur noch zwei Wochen«, sagte Papa am Abend vor unserer Abfahrt. »Wenn wir die Pferde nicht bald finden, steigt uns der Polizeipräsident aufs Dach. Sogar Kriminalrat Beinlein wird allmählich nervös. Heute hat er einen Kollegen angebrüllt, was er sonst nie tut.«

»Der Fall klärt sich bestimmt bald auf«, meinte Amanda und zwinkerte Blümchen und mir heimlich zu.

Ich wünschte mir so zuversichtlich sein zu können wie sie. Doch je näher unsere Klassenfahrt rückte, desto unsicherer wurde ich, ob unser Plan auch klappte. Wir hatten uns inzwischen genau überlegt, wie wir vorgehen wollten. Wir hatten verabredet, uns an diesem Abend heimlich in Blümchens Zimmer zu treffen, um alles noch einmal durchzusprechen.

Gerda machte den Anfang. »Ich muss ins Büro«, sagte sie nach dem Abendessen zu Papa und Opa Schraube. »Dieser Papierkram bringt mich noch um!«

Kurz darauf waren wir an der Reihe.

Wir gaben vor früher ins Bett zu wollen, damit wir unsere Abfahrt nicht verschliefen. Wenn wir gegangen waren, sollte sich auch Amanda unter einem Vorwand zurückziehen.

Gerda saß schon mit uns auf Blümchens Bett, als Amanda endlich kam. Sie gab Blümchen und mir ein Päckchen.

»Was ist das?«, fragte Blümchen.

»Reiseproviant«, antwortete sie schmunzelnd. »Ihr könnt ja schon einmal kosten.«

Blümchen und ich rissen das Papier auseinander.

»Gummibärchen!«, riefen wir gleichzeitig.

Es waren fünf Tüten für jede! Eine wurde gleich geopfert. Die anderen wollten wir uns für die Klassenfahrt aufheben. So, wie ich Blümchen und mich kannte, würden die armen Gummibärchen allerdings nicht lange überleben.

»Ich halte die Sache immer noch für gefährlich«, begann Blümchens Mama unsere Geheimkonferenz. »Sollen wir das den Mädchen wirklich zumuten?«

»Wir machen das schon«, sagte ich kauend. »Wir sind doch zu zweit!«

»Trotzdem ist es nicht ungefährlich. Da hat Gerda Recht«, sagte auch Amanda. »Wenn ihr euch nicht darauf einlassen wollt, sind wir euch ganz bestimmt nicht böse.«

»Jetzt haben wir uns einen so schönen Plan ausgedacht, da kneifen wir doch nicht kurz vorher!«, rief Blümchen und schob sich vier Gummibärchen auf einmal in den Mund. Über meine Freundin konnte ich mich nur noch wundern.

»Also gut«, sagte Amanda. »Dann lasst uns die ganze Sache noch einmal zusammen durchgehen. Ich vermute, der Baron wird euch gleich am ersten Tag sein Gestüt zeigen. Haltet dabei die Augen offen und stöbert, wenn ihr könnt, selbst noch ein wenig herum. Wie die beiden verschwundenen Pferde aussehen, wisst ihr ja. Es sind zwei Rappen.«

»Wissen wir!«, sagten Blümchen und ich und nickten mit vollen Backen. Schließlich hatten wir sie an Günters Geburtstag in ihrer Box gesehen.

»Habt ihr die Pferde entdeckt, ruft ihr uns sofort an. Unternehmt auf keinen Fall selbst etwas! Habt ihr das verstanden?«

Wieder nickten wir.

»Gut. Solltet ihr die Pferde bis zum Abend nicht gefunden haben, steigt Plan B.«

»Wir warten, bis alle schlafen, dann stehen wir wieder auf und holen Strolch aus dem Stall«, wiederholte ich sicher schon zum zehnten Mal in dieser Woche. »Wir gehen mit ihm zum Waldrand. Dort steht ihr und wartet auf uns.«

»Genau. Haltet ihn am besten an einem Führstrick. Daran können wir ihn führen wie an einer langen Leine.«

»Und Sie glauben wirklich, der Schimmel zeigt uns den Weg zu den anderen Pferden?«, fragte Gerda.

»Ja, wenn meine Theorie stimmt«, antwortete Amanda. »Wenn die Pferde nicht bereits auf dem Gestüt sind, dann haben sie aus irgendeinem Grund Angst dorthin zu kommen. Also machen wir es umgekehrt. Wir bringen ihren Freund Strolch zu ihnen.«

»Na, hoffentlich klappt das«, seufzte Blümchens Mama.

»Hast du wirklich keine Angst?«, fragte ich meine Freundin, als Amanda und Frau Wolff gegangen waren und wir im Dunkeln nebeneinander im Bett lagen.

»Nein, wirklich nicht«, antwortete Blümchen gleich. »Ehrlich gesagt wundere ich mich selbst darüber. Wegen einer Sache bin ich aber ziemlich traurig.«

Ich setzte mich auf. »Traurig?«, rief ich. »Du bist traurig?«

Blümchen steckte sich ein Gummibärchen in den Mund und grinste mich an. »Wenn wir unsere Klassenfahrt machen, kann ich Goldi nicht beim Training zusehen.«

Nach der üblichen Abschiedsszene, die dieses Mal besonders herzlich ausfiel, machten Blümchen und ich uns am nächsten Morgen auf den Weg zur Schule. Von dort aus sollten wir mit einem Bus zu Baron Siggis Gestüt gebracht werden.

Wie immer an solchen Tagen waren alle gut gelaunt und aufgeregt – zumindest die Mädchen. Die Jungen waren nicht ganz so fröhlich und Hubert Wacker, wie nicht anders zu erwarten, ausgesprochen schlecht gelaunt.

Ununterbrochen meckerte er darüber, dass er nun mit den bekloppten Mädchen zu diesem bekloppten Gestüt fahren musste, um auf bekloppten Pferden zu reiten, anstatt sich in einem coolen Freizeitpark amüsieren zu können. Wir ließen ihn meckern und uns nicht die Laune verderben. Herr Leimer und unsere Deutschlehrerin, die auch mitfuhr, hatten alle Mühe uns unter Kontrolle zu halten.

Unsere Stimmung wurde aber erst so richtig ausgelassen, als wir auf dem Gestüt eintrafen. Der Baron empfing uns persönlich und eine Frau mit einer weißen Schürze zeigte uns die Zimmer.

»Nun zahlt sich endlich aus, dass das Haus so viele Zimmer hat«, freute sich der Baron. »Leider sind es nicht genug, um jedem von euch eines zu geben. Ihr müsst euch zu zweit eines teilen.«

»Das ist ja wie im Hotel!«, rief jemand aus unserer Klasse.

Damit hatte er Unrecht. Es war besser! Blümchen und ich hatten schon einmal bei einem reichen Schokoladenbonbonfabrikanten übernachtet. Das war schon sehr vornehm gewesen. Aber es war nichts gegen die Schlafzimmer in dem »kleinen Landsitz«, wie Eleonore es ausgedrückt hatte.

In jedem der Zimmer standen Möbel, die man sonst nur in einem Museum zu sehen bekam. Es gab sogar eine Glocke, mit der man ein Dienstmädchen rufen konnte. Die sollten wir allerdings nicht benutzen, sagte die Frau mit der weißen Schürze. Hubert hielt sich natürlich nicht daran und bekam auch gleich eine Verwarnung von Herrn Leimer.

Als wir unsere Sachen ausgepackt hatten, aßen wir gemeinsam im »Speisezimmer«. Das war ein großer Raum mit Tischen, an denen immer vier von uns sitzen konnten. Wir fühlten uns wie in einem Restaurant. Es lagen sogar weiße Decken auf den Tischen. Nach dem Essen waren die jedoch nicht mehr ganz so weiß. Dafür hatten wir uns die Bäuche voll geschlagen, dass wir kaum noch pusten konnten.

Als wir auch den Nachtisch bis auf den letzten Krümel verputzt hatten, stand der Baron auf und klopfte an sein Glas. »Ich denke, nach dem guten Essen tut euch etwas Bewegung gut. Darum werden wir jetzt einen kleinen Rundgang über unser Gestüt machen.«

Blümchen und ich sahen uns an. Es kam also genau so, wie Amanda es vermutet hatte. Nun hieß es Augen offen halten!

Ich hatte in den letzten Tagen immer wieder an Günters Geburtstag gedacht und mir die verschwundenen Pferde dabei so oft vorgestellt, dass ich sie schon auf hundert Meter erkannt hätte. Doch obwohl uns der Graf jede Ecke des Gestüts zeigte, entdeckten wir kein Pferd, das denen, die wir suchten, auch nur entfernt ähnlich war.

Nach dem Rundgang versammelten wir uns in der Reithalle. Dort hielt uns Baron Siggi einen Vortrag darüber, wie man mit Tieren und besonders mit Pferden umgeht.

»Und denkt immer daran«, ermahnte er uns, »ein Pferd ist kein Fahrrad oder Moped, auf das man sich einfach setzt und los geht's! Jedes Pferd hat seinen eigenen Charakter! Es sind Lebewesen, wie ihr auch, die Angst haben können oder Wut, ja sogar Freundschaft und Liebe empfinden!«

Das kam mir doch sehr bekannt vor!

»So ein Quatsch!«, hörte ich Hubert hinter mir sagen. »Die bekloppten Gäule!«

Ich stellte mir vor, wie Hubert wohl sein würde, wenn er erwachsen war. Wahrscheinlich so ähnlich wie Graf Eckstein.

Als der Baron seinen Vortrag beendet hatte, durften einige von uns ein paar Runden reiten. Blümchen war auch dabei.

»Das war toll!«, rief sie, als sie danach mit roten Ohren wieder neben mir stand.

»Hast du gesehen?«, fragte ich sie. »Der Baron hält das Pferd an einem Führstrick. Weißt du, wo er ihn hergeholt hat?«

»Klar«, sagte Blümchen und stieß mir ihren Ellbogen in die Seite. »Da hinten aus der Ecke. Daran müssen wir heute Nacht denken.«

»Glaubst du auch nicht daran, dass wir die Pferde hier auf dem Gestüt finden?«, fragte ich sie.

»Nee, aber um sicherzugehen, können wir ja trotzdem noch mal nach ihnen suchen, wenn wir Zeit dazu haben.«

Die gab uns Baron Siggi.

»Seht euch noch ein wenig um, bis das Abendessen so weit ist«, sagte er, als der letzte Freiwillige seine Runden auf dem Pferd hinter sich hatte.

Und noch einmal sahen Blümchen und ich in jeden Stall, hinter jede Tür und in jede Box. Doch die beiden Rappen waren nicht auf diesem Gestüt. Da waren wir mittlerweile ganz sicher.

Als wir noch einmal zur Box von Strolch gehen wollten, um zu sehen, wie wir die Tür öffnen konnten, ohne viel Lärm zu machen, kam uns Hubert entgegen.

»Warum rennt ihr denn hier so hektisch herum?«, fragte er uns. »Sucht ihr was?«

»Ja, Zahnpasta für dich«, gab ich zurück.

Am liebsten hätte ich ihm noch ein paar passende Sprüche an den Kopf geworfen, doch Blümchen zog mich weiter.

»Warum lässt du dich nur immer auf einen Streit mit ihm ein?«, raunte sie mir zu. »Das hat doch sowieso keinen Sinn. Außerdem schöpft er womöglich noch Verdacht!«

Wir stellten zu unserer Erleichterung fest, dass die Box von Strolch nicht abgeschlossen war und sich auch einigermaßen leise öffnen ließ.

»Also gut«, sagte Blümchen. »Dann steigt heute Nacht unser Plan B!«

* 10 *

Seit wir wussten, dass wir möglicherweise eine Nacht wach bleiben mussten, hatten Blümchen und ich uns überlegt, wie wir das anstellen sollten. Das wäre nicht nötig gewesen. Wir konnten vor Aufregung sowieso nicht schlafen.

Wir waren froh, dass wir ein Zimmer allein für uns hatten. So brauchten wir nicht vorzutäuschen, dass wir schliefen. Stattdessen machten wir uns gegenseitig Mut und versicherten uns, dass alles schon klappen würde, bis wir es schließlich glaubten.

Als wir kein Geräusch mehr hörten, weder von draußen noch aus dem Haus, sah Blümchen auf ihre Uhr.

»Schon fast Mitternacht«, flüsterte sie. »Ich glaube, jetzt können wir es wagen.«

Wir kletterten aus dem Bett. Unsere Straßenkleidung hatten wir schon längst wieder angezogen. Wir schlichen aus dem Zimmer und, so leise es ging, die Treppe hinunter.

Schon an der Haustür wartete die erste Überraschung auf uns.

»Mist! Abgeschlossen!«, zischte ich.

»Was machen wir denn jetzt?«, fragte Blümchen. »Daran habe ich überhaupt nicht gedacht.«

»Der Speisesaal! Die Fenster reichen fast bis zum Boden und man kann sie öffnen. Das habe ich beim Abendessen gesehen.«

Zum Glück schien der Mond so hell, dass wir, ohne etwas umzustoßen oder irgendwo dagegen zu laufen, bis in den Speisesaal kamen. Die Fenster ließen sich tatsächlich öffnen. Sie hätten nur mal geölt werden müssen, denn sie quietschten dabei ziemlich heftig.

»Hoffentlich hat das niemand gehört«, raunte Blümchen mir zu.

Einen Augenblick lauschten wir in die Dunkelheit. Als kein Geräusch aus dem Haus zu hören war, kletterten wir hinaus.

»Puh!«, stöhnte Blümchen, als wir vor dem Haus standen. »Das hätte ins Auge gehen können.«

Tief gebückt schlichen wir uns an den Hauswänden entlang, bis wir endlich vor der Box von Strolch standen. Der sah uns ziemlich entgeistert an und blies durch seine Nüstern. Wer rechnet auch schon so spät in der Nacht mit Besuch? Auch in den anderen Boxen begannen sich die Pferde zu regen. Durch die schmalen Fenster drang nur wenig Mondlicht. Wir konnten kaum etwas erkennen. Obwohl ich wusste, wo wir waren, kroch mir allmählich die Angst in den Nacken. Das Rascheln und Schnauben hörte sich an, als würden irgendwo Geister erwachen. Und dann läutete auch noch eine Kirchenglocke. Mitternacht!

»Der Führstrick!«, rief Blümchen viel zu laut. »Den haben wir vergessen!«

»Mist!«, rief ich fast ebenso laut. »Ich gehe schnell und hole ihn.«

Blümchen klammerte sich an mir fest. »Nein! Bitte lass mich nicht allein hier!«

Also gingen wir zusammen, denn ich hatte auch keine Lust allein in dem Stall auf sie zu warten. Wer weiß, ob es wirklich nur die Pferde waren, die die Geräusche verursachten.

Wir schlichen aus dem Stall zur Reithalle. Zum Glück hing der Strick dort, wo wir ihn vermuteten. Wir rissen ihn von der Wand und rannten hinaus.

Als wir aus der Reithalle stürzten, blieb mir beinahe das Herz stehen. Vor uns stand ein riesiges Monster!

Ich konnte es nicht verhindern, ich schrie laut auf, ebenso wie Blümchen.

»Strolch! Das – das ist Strolch!«, stammelte sie. »Wir haben vergessen die Boxentür zu schließen!«

Tatsächlich! Das Monster war kein Monster, sondern das Pferd, das wir aus dem Stall holen wollten. Es stand regungslos vor uns und sah uns an, als wartete es auf uns.

»Ob er weiß, was wir vorhaben?«, fragte ich mit zitternder Stimme.

»Mittlerweile wundere ich mich über gar nichts mehr«, flüsterte Blümchen. »Lass uns den Strick festmachen und dann nichts wie weg von hier!«

Strolch zuckte mit keiner Wimper, während wir ziemlich ungeschickt den Führstrick an seiner Trense befestigten.

Er rührte sich erst, als ich sagte: »Los, Strolch! Gehen wir!« Mittlerweile war ich überzeugt davon, dass Strolch genau wusste, was wir vorhatten.

Leider konnte ich mich darüber nur wenige Augenblicke freuen, denn schon wartete das nächste Monster auf uns. Und dieses Mal war es ein echtes: das Gelbzahn-Monster Hubert!

»Ich hab euch erwischt! Ich hab euch erwischt!«, kreischte er und stellte sich uns in den Weg.

»Hau ab!«, zischte ich ihn an. »Geh Zähne putzen!«

»Das könnte euch so passen! Ihr wolltet den Gaul klauen! Jawohl!«

»Spinnst du?«, fuhr Blümchen ihn an. »Wir klauen nicht!«

»Und was macht ihr dann hier mitten in der Nacht mit dem Gaul?«

»Spazieren gehen«, antwortete ich. »Und jetzt mach dich vom Acker!«

»Das könnte euch so passen! Ich rufe den Leimer und den Baron und sage ihnen, dass ihr den Gaul klauen wolltet!«

So hatte das keinen Sinn. Er ließ sich nicht vertreiben. Also mussten wir zu härteren Maßnahmen greifen.

»Los, hau ihn um!«, sagte ich zu Blümchen.

Die sah mich entgeistert an. »Was soll ich?«

»Verstehst du nicht? Du sollst ihm deine Linke verpassen! Das ist ein Notfall!«

Hubert sprang einen Schritt zurück. »Hau mich nicht! Hau mich nicht!«, kreischte er. »Das sag ich Herrn Leimer!«

»Wenn Blümchen mit dir fertig ist, sagst du gar nichts mehr, du Wackelzahn!«, brüllte ich ihn an.

Ich sah hinter einigen Fenstern schon Lichter angehen. Wenn wir nicht bald von hier verschwanden, würde die Sache sehr brenzlig für uns werden.

»Also, was ist jetzt?«, fragte ich Blümchen. »Stell dir einfach vor, du wärst im Boxring und Hubert wäre dein Sparringspartner.«

Meine Freundin hob die Fäuste und ließ sie wieder sinken. »Ich – ich kann nicht«, sagte sie leise. »Tut mir Leid!«

»Herr Leimer! Herr Leimer! Herr Baron! Herr Baron!«, schrie Hubert und hüpfte dabei herum.

So musste Rumpelstilzchen ausgesehen haben. Leider kannte ich den Spruch nicht, der ihn mit einem lauten Knall im Boden versinken lassen würde.

»Wir müssen Strolch zurückbringen!«, rief Blümchen verzweifelt. »Sonst denken sie wirklich noch, wir wollten ihn stehlen!«

Doch es war schon zu spät. Aus der Dunkelheit tauchten zwei Gestalten auf, die ich leider nur zu gut kannte: unser Klassenlehrer und Baron Siggi. Dahinter marschierte unsere gesamte Klasse auf uns zu, einschließlich unserer Deutschlehrerin.

Herr Leimer fragte, was Lehrer in solchen Situationen immer fragen: »Was ist hier los?«

Und ich antwortete, was Schüler in solchen Situationen immer antworten: »Nichts, Herr Leimer!«

»Nichts? Und was macht ihr mitten in der Nacht mit einem Pferd?«

»Das würde mich allerdings auch interessieren«, sagte Baron Siggi.

»Die wollten den Gaul – äh, das Pferd klauen!«, rief Rumpelstilzchen.

Dem Gesicht meiner Freundin war anzusehen, dass sie es nun bedauerte, ihre Linke nicht eingesetzt zu haben.

»Das ist nicht wahr!«, rief sie.

»Und was wolltet ihr dann mit dem Pferd?«

»Wir wollten es nur ... irgendwie ...«

»Ausleihen!«, rief ich.

Herr Leimer verschränkte die Arme vor der Brust und legte den Kopf schief. »Sagt mal, wollt ihr uns auf den Arm nehmen?«

»Nein, bestimmt nicht! Glauben Sie uns bitte, Herr Leimer! Bitte, Herr Baron! Wir wollten das Pferd nicht stehlen. Aber wir brauchen es. Es ist sehr wichtig! Wir – wir können es nur im Augenblick nicht erklären! Es ist alles so kompliziert!«

Ich wusste nicht mehr, was ich sagen sollte. Die Wahrheit war nicht möglich. Erstens hätten sie es wahrscheinlich nicht verstanden, das konnten wir ja selbst kaum, und außerdem hätten wir damit Amanda und Gerda mit hineingezogen.

»So, so, ihr könnt es also im Augenblick nicht erklären«, sagte unser Klassenlehrer. »Vielleicht gelingt euch das ja morgen früh. Geht jetzt bitte in euer Zimmer und verlasst es nicht mehr. Morgen, nach dem Frühstück, werden wir uns sehr ausführlich unterhalten müssen.«

Baron Siggi kam auf uns zu und blieb dicht vor uns stehen. Er nahm uns den Führstrick aus der Hand.

»Ricki und Blümchen«, sagte er leise. »Es ist schade, dass ihr meine Gastfreundschaft so ausnutzt. Ihr habt mich sehr enttäuscht.«

Das war wie ein Faustschlag in den Magen, viel schlimmer als jede Strafe und jede Gardinenpredigt unseres Klassenlehrers.

Wie geprügelte Hunde schlichen wir zurück zum Haus und rannten an unseren, teils grinsenden, teils kopfschüttelnden Klassenkameraden vorbei, in unser Zimmer.

Fast gleichzeitig ließen Blümchen und ich uns auf unsere Betten fallen und heulten. Als wir uns wieder beruhigt hatten, holten wir unsere letzte Tüte Gummibärchen hervor. Die trösten uns immer am besten.

»So ein Scheiß!«, rief ich wütend.

»Hoffentlich haben Amanda und Mama nicht zu lange auf uns gewartet«, meinte Blümchen.

»Bestimmt nicht. Die haben sicher bald gemerkt, dass wir nicht kommen können. Morgen rufen wir sie an und erzählen ihnen alles.«

»Tut mir Leid, dass ich Hubert nicht umhauen konnte«, sagte Blümchen kleinlaut.

»Wahrscheinlich ist es sogar besser so«, sagte ich. »Es

hätte alles nur noch schlimmer gemacht. Womöglich hätten wir ihm auch noch ein neues Gebiss bezahlen müssen, obwohl seine Zähne wahrscheinlich sowieso bald ausfallen.«

Blümchen grinste mich an. »Kannst du dir Hubert ohne Zähne vorstellen?«

Ich tat es und musste laut lachen. Wir steckten unsere Köpfe unter die Kopfkissen und lachten, bis wir Bauchschmerzen hatten. Ich stellte wieder einmal fest, dass mit einer besten Freundin wirklich alles halb so schlimm ist.

Wahrscheinlich hätten wir bis zum Mittag geschlafen, wenn uns der Tumult vor dem Haus nicht geweckt hätte. Noch halb im Schlaf kletterten wir aus dem Bett und sahen aus dem Fenster. Was wir dort zu sehen bekamen, machte uns auf einen Schlag hellwach.

»Das gibt es doch nicht!«, rief Blümchen. »Da sind Amanda und Sister X!«

»Und Papa!«, rief ich.

»Und Mama!«

Wir sprangen in unsere Klamotten und rannten, zwei Stufen auf einmal nehmend, die Treppe hinunter.

Als wir nach draußen kamen, entdeckte uns Baron Siggi als Erster.

»Wartet mal!«, rief er, als wir an ihm vorbei zu Amanda X und den anderen laufen wollten. »Eigentlich müsste ich euch ja böse sein, dass ihr mich nicht eingeweiht habt«, sagte er mit einem Schmunzeln. »Aber ehrlich gesagt, bin ich nur froh, dass ich mich nicht in euch getäuscht habe. Außerdem finde ich eure Idee einfach genial!«

»Sind Sie uns nicht mehr böse?«, fragte Blümchen vorsichtig.

Der Baron schüttelte den Kopf. »Amanda X hat mir alles erklärt. Diese Frau ist wirklich unglaublich!«

»Und genial!«, rief ich. »Strolch nach seinen verschwundenen Freunden suchen zu lassen, war nämlich ihre Idee.«

Blümchens Mama kam auf uns zu und nahm uns beide in den Arm. »Es tut mir so Leid. Wir hätten euch das nicht zumuten dürfen.«

»Ach, das war halb so schlimm«, log ich.

»Wirklich kein Problem, Mama!«, log meine beste Freundin.

»Na, dann ist es ja gut. Ich habe mir schon solche Vorwürfe gemacht. Wir haben gestern Nacht den Tumult gehört. Da wussten wir gleich, dass etwas schief gegangen ist. Ich wollte gleich zu euch, aber Amanda hat mich davon überzeugt, dass es besser wäre, bis zum Morgen zu warten.«

»Und warum ist Papa auch da?«, fragte ich. »Habt ihr ihm alles erzählt?«

»Als wir nach Hause kamen, lief uns Horst über den Weg, obwohl er um diese Zeit sonst immer schon im Bett liegt«, seufzte Blümchens Mama. »Er hat natürlich wissen wollen, wo wir so spät noch gewesen sind.«

»Und dann habt ihr es ihm erzählt«, ergänzte Blümchen.

Frau Wolff nickte. »Im Nachhinein war es sogar besser so. Als wir ihm von unserem Plan erzählten, hat er im Präsidium angerufen. Er hat es tatsächlich geschafft, Kommissar Pauer und Kriminalrat Beinlein davon zu überzeugen, die verschwundenen Pferde mit Hilfe von Strolch zu suchen.«

»Kommissar Pauer?«, rief ich. »Kommt der etwa auch?«

Bevor Blümchens Mama darauf antworten konnte, stand Papa bei uns. »Ich habe gedacht, ich höre nicht richtig, als Gerda mir die Geschichte erzählt hat«, sagte er. Zum Glück hörte er sich überhaupt nicht böse an. »Aber dann habe ich mir überlegt, dass wir es versuchen sollten. Darum habe ich Pauer und Herrn Beinlein angerufen und sie davon überzeugt, die Pferde mit Hilfe von Pferden suchen zu lassen.«

»Ausgerechnet Kommissar Pauer!«, rief ich noch einmal. »Musste das sein, Papa?«

»Ohne ihn geht es nicht«, seufzte Papa. »Schließlich ist er der Leiter der Sonderkommission.«

»Wollten Kommissar Pauer und Kriminalrat Beinlein nicht auch kommen?«, fragte Amanda, nachdem sie uns mit einem Augenzwinkern begrüßt hatte. »Oder haben sie es sich anders überlegt?«

»Wohl kaum«, sagte Papa gedehnt. »Sie werden gleich hier sein. Leider nicht allein. Ich musste nämlich eine kleine Notlüge anwenden, um Pauer von eurem Plan zu überzeugen. Ich habe ihm gesagt, ihr hättet die Pferde gesehen.«

»Auweia«, sagte Blümchen nur.

»Und wen bringt er mit?«, fragte ich.

»Kannst du dir das nicht denken?«, fragte Papa zurück.

In dem Augenblick fuhr ein Polizeiwagen auf den Hof. Kommissar Pauer saß am Steuer und Kriminalrat Beinlein neben ihm. Auf dem Rücksitz saß noch jemand. Ich konnte ihn aber erst erkennen, als er ausstieg.

»Graf Eckstein!«, rief der Baron. »Was machen Sie denn hier?«

Der Graf kam auf uns zustolziert. »Nun, mein lieber Baron, wie ich höre, sind die Pferde in der Nähe gesichtet worden. Und da Kommissar Pauer so freundlich war mich gleich zu unterrichten, möchte ich mich natürlich gern an der Suche beteiligen.«

»Wahrscheinlich will er nur kontrollieren, ob die Pferde nicht doch bei mir sind«, flüsterte der Baron Amanda zu. »Das freut mich aber!«, rief er dann dem Grafen entgegen.

Manchmal frage ich mich, wie Erwachsene es schaffen, sich so zu verstellen.

»Ich konnte Pauer leider nicht daran hindern, den Grafen zu informieren«, raunte Papa mir zu. »Ich habe allerdings den Verdacht, dass er den Grafen nur informiert hat, um mich vor ihm zu blamieren. Er glaubt nämlich nicht daran, dass wir die Pferde auf eure Weise finden können.«

»Und Sie wollen die verschwundenen Tiere tatsächlich von einem anderen Pferd suchen lassen?«, fragte

Kommissar Pauer mit einem geringschätzigen Blick auf Amanda und Sister X, als wollte er Papas Verdacht bestätigen. »Ich kann mir nicht vorstellen, dass das funktioniert. Ich habe dem Kollegen Kaminski auch schon gesagt, dass er die Verantwortung für diese Aktion übernimmt.«

»Das werde ich auch, *lieber* Kollege!«, rief Papa.

Kommissar Pauer ließ nicht locker. »Ich bin ja dagegen gewesen, aber ...«

»Herr Kaminski soll seine Chance bekommen« unterbrach Kriminalrat Beinlein ihn. »Was haben wir zu verlieren?«

»Ich bin dagegen!«, rief Kommissar Pauer trotzig.

Kriminalrat Beinlein baute sich vor ihm auf. »Herr Pauer! Wenn ich sage, wir führen dieses Experiment durch, dann wird das auch gemacht. Schließlich haben die Mädchen die Pferde in diesem Wald gesehen! Habe ich mich verständlich ausgedrückt, Herr Kollege?«

»Äh – ja, sicher, Herr Kriminalrat.«

Blümchen und ich sahen uns an. Hoffentlich ging das gut!

»Also«, sagte Papas Chef, »wo ist der Baron? Er soll das Pferd führen.«

»Sollten das nicht lieber die Mädchen machen?«, fragte Baron Siggi und gab uns den Führstrick in die Hand. »Schließlich haben sie damit begonnen, also sollen sie es auch zu Ende führen. Ehre, wem Ehre gebührt!«

Kriminalrat Beinlein zuckte mit den Schultern. »Meinetwegen.«

Blümchen und ich nahmen beide den Strick in eine Hand. Bevor wir losgingen, sah ich mich noch einmal um. Meine Klassenkameraden grinsten nicht mehr. Sie staunten nur noch. Hubert Wacker stand in der letzten Reihe und kochte vor Wut. Es hätte mich nicht gewundert, wenn ihm Dampf aus den Ohren gestiegen wäre.

»Also los, Strolch«, sagte ich leise. »Such deine Freunde!«

So wie am Abend zuvor, setzte er sich genau in diesem Augenblick in Bewegung und lief langsam los. Aus den Augenwinkeln sah ich, dass Amanda, Sister X, Gerda, Papa und alle anderen uns folgten, sogar unsere Lehrer. Graf Eckstein stand noch einen Augenblick mit offenem Mund da, dann folgte er uns auch.

✶ 11 ✶

Zunächst schien Strolch nicht genau zu wissen, wohin er laufen sollte, doch je tiefer wir in den Wald kamen, desto sicherer wurde er. Bald hatten Blümchen und ich alle Mühe den Strick zu halten.

»Strolch!«, rief Blümchen. »Nicht so schnell! Wir kommen nicht mit!«

Und er lief tatsächlich langsamer! Ich konnte es kaum glauben.

»Er versteht uns!«, raunte Blümchen mir zu.

Dass Strolch trotzdem ein Pferd ist, merkten wir sehr bald. Er kümmerte sich nicht um Wege oder sonstige Dinge, die Menschen das Laufen durch den Wald angenehmer machen. Er zog uns quer durch das Unterholz. Wir stolperten über Wurzeln und die Äste peitschten uns ins Gesicht. Mich tröstete nur, dass meine Klasse und auch meine Lehrer, aber vor allem Kommissar Pauer und Graf Eckstein es nicht besser hatten.

Und dann blieb Strolch plötzlich stehen und sah sich zu uns um.

»Was ist los?«, keuchte Kriminalrat Beinlein hinter uns. »Warum geht es nicht weiter?«

»Keine Ahnung!«, rief ich zurück. »Er ist einfach stehen geblieben.«

Nach und nach holten uns die anderen verschwitzt und keuchend ein.

»Das Unterholz wird immer dichter«, japste Papa. »Vielleicht ist er deshalb nicht weitergegangen.«

»Das sieht eher aus wie eine Hecke«, meinte Baron Siggi. »Ob dahinter etwas ist?«

»Ich werde mal nachsehen«, sagte Papa.

Für ihn hing viel davon ab, dass wir Erfolg hatten, fast mehr als für uns.

»Ich komme mit!«, rief Kommissar Pauer sofort. »Alle anderen bleiben hier!«

»Dass der sich seinen Befehlston nicht abgewöhnen kann«, sagte Kriminalrat Beinlein.

»Das gibt es doch nicht!«, hörten wir Papa in dem Augenblick rufen.

Wie auf ein Zeichen stürmten wir durch das dichte Gestrüpp – und standen in einem Stall.

»Was ist das?«, fragte Gerda.

»Es sieht wie ein Unterstand aus«, antwortete der Baron. »Auf einer Seite offen. Strolch hat uns an die Rückseite geführt!«

»Das ist eindeutig von Menschen gemacht«, sagte Herr Leimer und untersuchte die Wände. »Hier, die Äste sind geflochten.«

»Sehr schön, dann haben wir also einen Unterstand im Wald gefunden, der aus Ästen geflochten wurde. Und was soll das Ganze?«, fragte Kommissar Pauer.

Wie als Antwort wieherte es laut auf der anderen Seite der Rückwand. Der Baron bog die Äste auseinander – und da standen sie: ein Schimmel und zwei Rappen!

Plötzlich wurde es sehr still. Ich spürte, wie meine Knie zitterten. Seit fast zwei Wochen suchten wir schon nach diesen Pferden. Und nun standen sie da, als wäre nichts geschehen. Aber vor allem: Amanda hatte Recht behalten! Ihr Freund hatte sie für uns gefunden.

»Es ist nicht zu glauben«, sagte der Baron leise. »Einfach nicht zu glauben. Wie ein Wunder!«

»Wenn man weiß, dass Tiere eine Seele haben, ist es eben kein Wunder«, erwiderte Amanda.

Ich sah mich nach Papa um. Er schien sich überhaupt nicht für die Pferde zu interessieren. Stattdessen starrte er auf die Wände des Unterstandes, als suchte er etwas.

»Papa?«, rief ich. »Alles in Ordnung! Wir haben die Pferde gefunden. Du hattest Recht!«

»Ja, ja, schön«, antwortete Papa abwesend.

Ich wandte mich zu den Pferden um. Ich konnte mich gar nicht an ihnen satt sehen, so prachtvoll waren sie. Und jetzt, da alle drei vereint waren, schien jedes von ihnen noch prachtvoller zu sein. Wir blieben alle reglos stehen, als spürten wir genau, was für ein wunderschöner Augenblick das war.

»Wie friedlich sie jetzt sind«, flüsterte Blümchen.

»Spürst du etwas?«, flüsterte ich zurück.

Blümchen schüttelte nur den Kopf.

Plötzlich bogen sich die Äste des Unterstands noch einmal auseinander und Graf Eckstein kroch hindurch.

Mir war gar nicht aufgefallen, dass er vorher nicht dabei gewesen war.

»Ich habe mich verlaufen!«, schimpfte er. »Warum haben Sie nicht auf mich – die Pferde! Da sind meine Pferde!«

Was dann geschah, kann ich nur schwer beschreiben.

Ich sah zufällig zu einem der Pferde. Als der Graf in den Unterstand kam, veränderte sich sein Gesichtsausdruck mit einem Schlag. Es war, als würde es sich erschrecken oder sich fürchten. Es warf den Kopf in den Nacken, schnaubte und schlug mit den Hinterbeinen aus. Kurz darauf tobten alle drei Pferde wie verrückt. Sie waren nicht mehr wieder zu erkennen. Und dann hörte ich wieder dieses Wispern und spürte gleichzeitig die Angst, so wie auf der Pferderennbahn. Blümchen wollte etwas sagen, bekam aber nur ein Wimmern heraus.

Ich weiß nicht, wie es ausgegangen wäre, hätte Amanda nicht so schnell reagiert. Schließlich hatten wir dieses Mal keine schützende Boxenwand zwischen uns und den tobenden Pferden. Sie stürzte sich auf Sister X und riss ihr die Sonnenbrille herunter. Fast gleichzeitig wurden die Pferde wieder ruhig und auch das Wispern verstummte.

»Was war denn mit den Tieren los?«, fragte Kriminalrat Beinlein atemlos.

»Haben Sie es auch gespürt?«, fragte ich.

»Gespürt?«, fragte er zurück. »Nein, ich habe nichts gespürt. Ich habe nur gesehen, dass die Pferde plötzlich verrückt spielten.«

»Hat denn niemand etwas gespürt oder gehört?«, rief Blümchen verzweifelt.

So, wie die anderen sie ansahen, waren wir, und wahrscheinlich Amanda und Sister X, wohl wieder die Einzigen, die das Wispern gehört und diese Angst gespürt hatten.

»Nun haben sie sich ja wieder beruhigt«, meinte der Graf. »Also lassen Sie uns keine Zeit verlieren und sie zu meinem Gestüt bringen.«

»Können wir sie nicht einfach hier lassen?«, rief Blümchen plötzlich. »Hier fühlen sie sich wohl und sie wollen doch gar nicht –«

»Hier lassen?«, unterbrach der Graf sie. »Wie stellst du dir das vor? Du hast die Pferde mit deiner Freundin und deiner – äh – Oma zwar gefunden, und dafür bin ich euch auch dankbar, aber das geht dann doch zu weit. Schließlich habe ich sehr viel Geld dafür bezahlt.«

»Geld! Geld! Immer nur Geld!«, schrie Blümchen völlig außer sich. »Seht ihr denn nicht, dass sie Angst haben?«

»Wovor sollen sie denn Angst haben?«, fragte Kommissar Pauer mit hochgezogenen Augenbrauen.

»Vor –«

»Wahrscheinlich vor der ungewohnten Umgebung«, unterbrach Amanda meine Freundin. »Aber sicherlich werden sie sich daran gewöhnen, wenn sie erst bei Ihnen sind, lieber Herr Graf.«

Ich dachte, ich höre nicht richtig. Wieso sagte Amanda das? Die Pferde hatten Angst vor dem Grafen. Das war eindeutig! Blümchen starrte Amanda an und klappte nur noch ihren Mund auf und zu.

Ehe wir uns versahen, nahm der Graf Strolchs Führstrick und zog ihn aus dem Unterstand. Die beiden Rappen folgten ihm. Ich konnte es nicht glauben. Warum waren sie plötzlich so ruhig? Es musste an Sister X liegen. Die ging nämlich neben ihnen. Sie trug zwar wieder ihre Sonnenbrille, aber sie schien trotzdem eine beruhigende Wirkung auf die Pferde zu haben. Jedenfalls konnte ich mir das nicht anders erklären.

Dieses Mal waren Blümchen und ich die Letzten, die den Pferden folgten.

»Ich kann es nicht glauben!«, stieß Blümchen plötzlich hervor. »Warum macht Amanda das?«

»Ich weiß nicht«, antwortete ich. »Aber bestimmt erklärt sie es uns.«

»Hoffentlich. Sonst rede ich kein Wort mehr mit ihr.«

Ohne jeden Widerstand ließen sich die drei Pferde bis zum Gestüt des Barons bringen. Erst jetzt schienen alle so richtig zu begreifen, was passiert war. Sie jubelten, klopften sich gegenseitig auf die Schultern und versicherten sich, wie toll sie es gemacht hatten. Nur Blümchen und ich konnten uns nicht so recht freuen.

Schließlich erschien auch Papa. Er hatte sich wirklich viel Zeit gelassen. Er kam gleich zu mir, strich mir über den Kopf und gab mir einen Kuss.

»Das hast du toll gemacht. Danke!«

»Gern geschehen! Alles in Ordnung, Papa?«

»Ja, ja, sicher. Und bei euch?«

»Es geht so.«

»Ihr hättet die Pferde am liebsten dort gelassen, stimmt's?«, fragte Papa.

Blümchen und ich nickten nur.

»Das verstehe ich. Aber es geht leider nicht. Der Graf hat sie bezahlt. Sie gehören ihm. So ist das eben.«

»Das Thema Diebstahl ist ja jetzt wohl vom Tisch«, sagte Kriminalrat Beinlein. »Der Verschlag im Wald war offen und die Tiere nicht angebunden. Sie sind also, wie Frau Amanda es gesagt hat, fortgelaufen und haben sich dort versteckt.«

»Ich frage mich nur, wer den Unterstand gebaut hat«, meinte Blümchen nachdenklich.

»Wahrscheinlich steht er schon länger dort. Wer weiß, wofür er vorgesehen war und von wem er gebaut wurde«, sagte Gerda.

»Das würde ich wirklich auch sehr, sehr gerne wissen«, sagte Papa leise.

»Didi!«, rief Gerda plötzlich. »Dessen Unschuld ist ja jetzt auch bewiesen, nicht wahr, Herr Beinlein?«

»Das liegt zwar nun nicht mehr im Zuständigkeitsbereich der Polizei, aber ich denke, dass die Staatsanwaltschaft die Sache wohl zu den Akten legen wird.«

»Das müssen wir sofort Herrn Scharlian sagen!«, rief Blümchen.

»Das kann deine Mama machen, wenn sie wieder nach Hause kommt«, meinte Amanda.

»Das mache ich gerne«, sagte Gerda. »Und ich gebe auch Vater und seinen Jungs Bescheid. Die werden Augen machen!«

»Nun müssen die beiden Pferde aber schleunigst zu Ihnen, lieber Graf«, meinte Baron Siggi schließlich. »Sonst behaupten Sie zu Recht, ich hätte die Pferde festgehalten.«

»Ich muss mich wohl bei Ihnen entschuldigen, verehrter Baron«, murmelte Graf Eckstein. Er schien tatsächlich ein wenig verlegen zu sein.

Baron Siggi klopfte ihm auf die Schulter. »Schwamm drüber. Wenn ich an Ihrer Stelle gewesen wäre, hätte ich vielleicht ebenso gedacht.«

Die beiden schienen sich ja sehr schnell wieder versöhnt zu haben.

»Könnten Sie mir vielleicht auch behilflich sein, die Pferde zu mir zu bringen?«, fragte Graf Eckstein. »Ich habe meinen Transporter ja nicht hier.«

»Ich kann Ihnen meinen leihen«, antwortete der Baron. »Nur kann ich Ihnen leider keinen Fahrer zur Verfügung stellen. Meine Leute brauche ich alle hier. Ich habe sowieso viel zu wenig Personal.«

»Ich könnte den Transporter fahren«, sagte Amanda wie selbstverständlich.

Ich denke immer, Amanda kann mich nicht mehr überraschen, aber dann beweist sie mir gleich das Gegenteil.

»Können Sie den denn fahren, gnädige Frau?«, fragte der Graf.

»Wenn ich mit Bubi fertig werde, dann erst recht mit so einem lächerlichen Transporter.«

Der Graf zuckte mit den Schultern. »Meinetwegen. Hauptsache, die Tiere kommen wohlbehalten bei mir an.«

»Wir haben sie gefunden, also werden wir sie auch unversehrt zu Ihnen bringen«, entgegnete Amanda. »Außerdem können wir dann gleich über die ausgesetzte Belohnung reden.«

»Aber sicher, gnädige Frau«, sagte der Graf und zupfte nervös an seinem Hemdkragen.

»Hoffentlich lassen sie sich überhaupt in den Transporter bringen«, wandte Papa ein. »Didi haben sie ja auch Schwierigkeiten gemacht.«

»Da gehe ich kein Risiko ein«, sagte Amanda. »Ich lasse sie von Sister X in den Wagen bringen.«

Kurzerhand fuhr Amanda den Transporter des Barons vor. Sie hatte tatsächlich keine Probleme den Lastwagen zu steuern. Sie stieg aus, öffnete die Ladetüren und stellte Sister X daneben.

Blümchen drehte sich um. »Ich kann das nicht mit ansehen.«

Unter den staunenden Augen des Barons, der Polizei und unserer Klasse stiegen die beiden Ausreißer ohne jede Gegenwehr in den Wagen und Amanda schloss die Tür.

»Da hätte ich allerdings mehr Widerstand erwartet«, sagte Baron Siggi.

Amanda lächelte ihn an. »Das ist der beruhigende Einfluss von Sister X.«

»Sicher«, sagte der Baron nur. Vermutlich wunderte er sich bei unserer Haushälterin auch schon über nichts mehr.

»Haben Sie etwas dagegen, wenn ich die Pferde zu Graf Eckstein bringe?«, fragte Amanda Kriminalrat Beinlein.

Der schüttelte den Kopf. »Kein Problem. Sollen Herr Kaminski oder Herr Pauer Sie begleiten? – Sicherheitshalber?«

»Nein, danke. Das ist nicht nötig«, sagte Amanda, worüber Herr Pauer sichtlich erleichtert war. »Ich würde Ricki und Blümchen gern mitnehmen. Wollt ihr?«

Blümchen und ich sahen uns an. Das war zumindest eine gute Gelegenheit Amanda nach den Gründen für ihr Verhalten zu fragen.

»Klar«, sagte ich deshalb und auch Blümchen nickte.

»Sind Sie damit einverstanden?«, fragte Amanda unseren Klassenlehrer.

Herr Leimer kratzte sich am Kopf. »Meinetwegen. Das sind wir ihnen wohl schuldig, obwohl ich den Verdacht nicht loswerde, dass das Ganze von Anfang an geplant war.«

Darauf sagten wir lieber nichts.

»Ihr seid sicher böse auf mich«, meinte Amanda, kaum dass wir vom Hof gefahren waren.

»Na ja, zumindest haben wir uns gewundert, warum

du so getan hast, als wüsstest du nicht, dass die Pferde Angst vor dem Grafen haben.«

»Und dann hast du auch noch gesagt, sie würden sich schon an den Grafen gewöhnen!«, rief Blümchen. »Das werden sie nicht. Das weiß ich genau!«

»Das weiß ich auch«, meinte Amanda nur. »Aber könnt ihr euch denn nicht denken, warum ich das gemacht habe?«

»Willst du den Grafen vielleicht austricksen?«, fragte ich nach einigem Überlegen.

»So könnte man es nennen!«, sagte Amanda und lachte. »Er soll sich in Sicherheit wiegen. Wenn er misstrauisch wird, haben wir keine Möglichkeit mehr ihn zu überführen.«

»Überführen?«, fragte Blümchen. »Was hat er denn gemacht?«

»Das weiß ich nicht. Das ist es ja! Ich bin mir nur sicher, dass er die Pferde nicht gut behandelt. Könnt ihr euch erinnern, was Günter über sein Pferd Luise gesagt hat?«

»Stimmt!«, rief Blümchen. »Er hat gesagt, es wäre in einem schlechten Zustand gewesen, als er es vom Grafen gekauft hat.«

»Genau«, sagte Amanda. »Und mittlerweile bin ich davon überzeugt, dass der Zustand von Luise und die Angst unserer Pferde den gleichen Grund haben. Und mit diesem Flüstern wollen sie uns auf ihre Angst aufmerksam machen.«

»Diese Angst, die wir auch immer spüren?«, fragte

Blümchen. Ich sah ihr an, dass es ihr schon unangenehm war, nur darüber zu sprechen.

Amanda nickte. »Und die Didi auch gespürt hat. Sie war der Grund dafür, dass Didi den Transporter geöffnet hat. Ich bin sicher, dass er nicht überfallen wurde. Diese Angst hat ihn fast wahnsinnig gemacht, sodass er sich kaum noch an etwas erinnern konnte.«

»Warum spüren die anderen es denn nicht?«, fragte Blümchen.

Amanda zuckte mit den Schultern. »Wahrscheinlich liegt es daran, dass wir – und auch Didi – eine ganz besondere Beziehung zu Tieren haben.«

»Also sind sie einfach nur fortgelaufen«, stellte ich fest. »Aber dieser Unterstand im Wald? Woher kannten sie den?«

»Den haben sie sicher nur zufällig gefunden«, antwortete Amanda nach einer Weile. »Vielleicht wussten sie aber auch davon, genauso wie sie wussten, dass etwas mit dem Grafen nicht stimmt.«

»Aber wie konnten sie davon wissen?«, fragte ich. »Sie kennen den Grafen doch gar nicht.«

»Das stimmt nicht«, sagte Amanda. »Sie haben ihn einmal gesehen, als er mit Nele im Stall war. Das hat uns doch der Pferdepfleger erzählt. Aber das kann nicht alles gewesen sein. Ich glaube, letztendlich bin ich daran schuld, dass sie von dem Grafen erfuhren und Angst vor ihm hatten.«

»Du?«, riefen Blümchen und ich wie aus einem Mund.

»Ja, durch meine Séance. Ich habe Luise gerufen. Und

genau zu dem Zeitpunkt begannen die Pferde in ihrer Box verrückt zu spielen.«

»Glaubst du wirklich, der Geist von Luise hat sie vor dem Grafen gewarnt?«, fragte ich.

Amanda sah mich streng an. »In der Welt der Geister ist alles möglich, meine liebe Ricki.«

»Dann bist du tatsächlich ein Medium, das Geister herbeirufen kann?«, rief Blümchen.

Amanda lächelte sie an. »Hast du jemals daran gezweifelt?«

✴ 12 ✴

Wir fuhren bis zum Gestüt des Grafen, ohne dass wir noch einmal das Flüstern hörten oder diese unheimliche Angst spürten. Allerdings beruhigte uns das nicht, denn wir wussten, dass Sister X der Grund dafür war. Angst hatten die armen Pferde sicher immer noch.

Als wir vor dem Wachhäuschen hielten, kam der Wachmann gleich auf uns zugelaufen.

»Der Chef hat gesagt, ich soll Sie sofort hineinlassen, wenn Sie kommen!« Dann sah er zu Blümchen und mir. »Ist es wahr, dass die beiden Mädchen die Pferde wieder gefunden haben?«

»Das stimmt allerdings«, antwortete Amanda. »Sie bekommen auch die Belohnung.«

»Willst du tatsächlich die Belohnung kassieren?«, fragte ich Amanda, als wir den Weg zum Haupthaus entlangfuhren.

»Sicher. Wenn wir sie nicht nähmen, würde das dem Grafen bestimmt verdächtig erscheinen. Außerdem hat er genug Geld. Er soll ruhig bezahlen. Schließlich bringen wir ihm seine Pferde zurück.«

»Ja, leider«, sagte Blümchen leise.

Als wir zum Haupthaus fuhren, warteten der Graf und Herr Meister schon auf uns. Dieses Mal beschwerte sich niemand darüber, dass wir vor dem Haus parkten.

Kaum standen wir, rannte Graf Eckstein hinter den Transporter und riss die Ladetüren auf.

»Da sind sie ja! – Los, Meister, holen Sie sie heraus und dann nichts wie in die Boxen mit ihnen!«

Noch im Führerhaus nahm Amanda Sister X die Sonnenbrille ab.

»Sicher ist sicher«, sagte sie leise. »Ich will nicht, dass im letzten Augenblick noch etwas passiert.«

Als wir aus dem Wagen stiegen, sahen wir einen der Angestellten des Grafen mit den beiden Pferden zu den Ställen gehen. Blümchen seufzte leise.

Der Graf kam auf uns zu und schüttelte erst Amanda und dann Blümchen und mir die Hände.

»Hervorragende Arbeit! Ganz hervorragend!«

»Und die Pferde sind tatsächlich nur weggelaufen?«, fragte Herr Meister.

»So ist es«, antwortete Amanda. »Sie haben sich in einem Unterstand versteckt.«

»Ja, das zeigt, dass es immer noch wilde Tiere sind«, sagte der Graf. »Die brauchen eine starke Hand!«

Ich sah, wie Blümchen zusammenzuckte.

»Was ist denn mit der Belohnung?«, fragte ich schnell, bevor meine Freundin ausgerechnet an ihm ihre Linke ausprobierte. Ich hätte zwar nichts dagegen gehabt, aber so durchtrainiert wie der Graf aussah, hätte auch sie wohl keine Chance gegen ihn.

Graf Eckstein zog eine Augenbraue hoch. »Die junge Dame ist geschäftstüchtig! Das gefällt mir. Ich werde euch die Belohnung überweisen.«

»Meine Mutter gibt Ihnen die Kontonummer«, sagte Blümchen trocken.

»Sehr schön! – Und sonst? Ich würde mich gern noch anderweitig erkenntlich zeigen. Vielleicht könnten wir gemeinsam essen gehen?«

»Das ist wirklich sehr freundlich von Ihnen«, sagte Amanda. »Ich habe tatsächlich einen kleinen Wunsch, den Sie mir erfüllen könnten.«

»Immer heraus damit!«, rief der Graf. »Ihr Wunsch ist mir Befehl!«

»Nun, Sie haben ja gesagt, dass Sie nicht so gern Kinder auf Ihren Pferden reiten lassen. Aber wie wäre es mit mir?«

»Wie bitte?«

»Ich bin eine große Anhängerin des Springreitens, müssen Sie wissen. Aber ich habe es selbst noch nie versucht. Könnten Sie mir vielleicht die Grundregeln beibringen?«

»Ja – äh – ich weiß nicht«, stotterte der Graf. »Wie haben Sie sich das vorgestellt?«

»Nun, so ein kleines zaubergalaktisches Reiterwochenende für die Mädchen und mich auf Ihrem Gestüt würde mir sehr gut gefallen!«

Graf Eckstein sah Herrn Meister an, dann Amanda und wieder Herrn Meister. Plötzlich grinste er über das ganze Gesicht.

»Das wäre doch etwas für Sie, lieber Meister.«

»Für mich?«, rief der Stallmeister. »Aber Chef!«

»Nein, nein, ich habe versprochen mich erkenntlich zu zeigen, und das werde ich auch halten. Also abgemacht, Sie und die beiden jungen Damen kommen am nächsten Wochenende zu mir und Herr Meister bringt Ihnen ein paar Grundregeln des Springreitens bei. – Ach, übrigens, haben Sie überhaupt schon einmal auf einem Pferd gesessen?«

»Lieber Herr Graf!«, rief Amanda. »Der Rücken eines Pferdes ist sozusagen meine zweite Heimat! – Ich hätte übrigens noch eine Bitte. Ich würde an dem Wochenende auch gern Sister X mitbringen.«

»Sister wer?«, fragte der Graf.

Amanda ging zum Lastwagen, klopfte an die Tür und Sister X sah aus dem Fenster.

»Was ist das denn?«

»Ein Schaf.«

»Ja, das sehe ich auch! Es ist mir schon im Wald aufgefallen. Aber was ist das für ein Schaf? Und warum trägt es eine Sonnenbrille?«

»Sister X ist ein Spürschaf, mein lieber Graf«, sagte Amanda wie selbstverständlich.

»Wie?«

»Wir betreiben ein Detektivbüro, müssen Sie wissen«, erklärte Amanda. »Die Polizei und manche Detektive haben Spürhunde. Wir aber haben ein Spürschaf.«

»Und das funktioniert?«, fragte der Graf ungläubig.

»Aber sicher!«, lachte Amanda. »Was glauben Sie,

wie wir Ihre Pferde wieder gefunden haben? Die Sonnenbrille trägt sie übrigens, damit sie besser riechen kann. Sie hat mir auch das Reiten beigebracht.«

»Ja, ja, das ist logisch«, sagte der Graf und sah Hilfe suchend zu Herrn Meister. Doch der starrte nur ungläubig auf Sister X, die immer noch aus dem Fenster des Lastwagens sah.

»Sagten Sie nicht, das sei Ihr Wappentier?«, fragte er schließlich leise.

»Ja, das ist es auch.«

»Also gut«, schnaufte der Graf. »Dann bringen Sie ihr Spürschaf oder Wappentier oder was es auch immer ist, meinetwegen mit. – Worauf ich mich immer einlasse!«

»Und auf dem Schaf haben Sie reiten gelernt?«, fragte Herr Meister, ohne die Augen von Sister X zu lassen.

Amanda winkte Sister X kurz zu. Ehe wir uns versahen, kletterte Sister X aus dem Lastwagen und Amanda setzte sich im Schneidersitz auf den Rücken ihres außerirdischen Schafes. Amanda ist nicht übergewichtig, aber sie ist immerhin ein erwachsener Mensch. Ich hätte nicht gedacht, dass ein Schaf einen erwachsenen Menschen tragen kann. Bei einem normalen Schaf ist das wahrscheinlich auch so. Sister X dagegen schien Amandas Gewicht überhaupt nichts auszumachen.

»So, meine Liebe«, rief Amanda. »Lass uns dem Grafen zeigen, was wir alles können! – Sche – ritt!«

Ohne mit der Wimper zu zucken, jedenfalls soweit ich es durch die Sonnenbrille hindurch beurteilen konnte, lief Sister X mit Amanda auf dem Rücken im Schritttempo an Herrn Meister und dem Grafen vorbei. Den beiden wären fast die Augen aus dem Kopf gefallen.

»Sister X! Te – rab!«, rief Amanda und Sister X trabte locker eine Runde über den Hof.

Als Amanda das Kommando »Gaa – lopp!« gab, spurtete Sister X los, dass Amanda sich an ihrem Fell festhalten musste, um nicht herunterzufallen.

»Brrr!«, rief Amanda. Sister X bremste und kam genau vor Herrn Meister und Graf Eckstein zum Stehen.

»Sollen wir Ihnen noch ein wenig Dressur vorführen?«, fragte Amanda freundlich. »Piaffe, Passage, Pirouette, Wendungen mit und ohne Tempowechsel – Sie können wählen!«

»Da – ich – ja – äh – nein, danke«, stotterte Herr Meister.

»Wenn ich es nicht mit eigenen Augen gesehen hätte«, brachte der Graf heraus.

Amanda sprang von Sister X' Rücken.

»Dann sind wir uns also einig!«, rief sie fröhlich. »Ich freue mich schon auf das Wochenende!«

Als wir mit Baron Siggis Pferdetransporter vom Hof fuhren, standen der Graf und Herr Meister immer noch da und sahen uns mit offenen Mündern nach.

»Davon werden sie wohl noch einige Nächte träumen«, kicherte Amanda.

»Hoffentlich!«, rief Blümchen. »Am besten Alpträume!«

»Amanda, du kannst echt lügen, ohne rot zu wer-

den!«, sagte ich. »Aber schaffst du das denn auch? – Ich meine, in deinem Alter?«

Amanda sah mich an. »Liebe Ricki! Ich mag zwar nicht mehr die Jüngste sein, aber ich bin noch topfit! Der liebe Herr Meister wird Augen machen! Und wir können uns in Ruhe umsehen.«

Eigentlich hätten wir wieder zurück zum Gestüt des Barons fahren müssen, denn unsere Klassenfahrt war ja noch nicht zu Ende, aber Amanda meinte, Herr Leimer hätte sicher nichts dagegen, wenn wir eine Nacht zu Hause schliefen. Schließlich müssten wir ein wenig feiern, weil wir die Pferde gefunden hatten.

»Ich werde euren Klassenlehrer anrufen und ihm Bescheid sagen«, meinte sie. »Morgen früh fahre ich euch zum Baron und bringe ihm seinen Transporter zurück. Ich werde ihn bitten, ob ich nicht auch dort bleiben kann.«

»Das würdest du machen?«, rief ich. »Klasse!«

»Ich möchte schließlich nicht unvorbereitet zum Grafen fahren. Baron Siggi kann mir bestimmt einige gute Tipps geben. Auf einem Pferd zu reiten ist doch etwas anderes als auf Sister X.«

Als wir nach Hause kamen, wartete noch eine Überraschung auf uns. Alle waren da! Nicht nur Papa, Gerda, Opa Schraube, seine Freunde und Amandas Geisterkränzchen, sondern auch Didi und Herr Scharlian. Er hatte Didi sofort aus dem Gefängnis geholt, als bekannt wurde, dass wir die Pferde gefunden hatten.

Als er uns sah, stürzte Didi auf uns zu und drückte uns, dass uns die Luft wegblieb.

»Was machen Sie denn jetzt?«, fragte Amanda ihn, als er uns wieder losgelassen hatte.

»Erst einmal Urlaub!«, seufzte Didi. »Und dann suche ich mir eine neue Arbeit.«

»Sind Sie etwa entlassen worden?«, fragte ich.

»Nein«, antwortete Didi. »Ich habe gekündigt. Ich will keine Pferde mehr transportieren. So etwas will ich nie wieder erleben.«

»Das verstehe ich gut«, sagte Blümchen.

Es wurde eine sehr schöne Feier. Mindestens zehn Mal mussten wir unsere Suchaktion in allen Einzelheiten beschreiben. Als Gerda erfuhr, dass der Graf die Belohnung überweisen wollte, führte sie ein kleines Freudentänzchen auf. Und natürlich erzählten wir auch, dass uns der Graf für ein Wochenende auf sein Gestüt eingeladen hatte. Dass Amanda dabei das Springreiten lernen wollte, erwähnten wir allerdings nicht.

Obwohl die Stimmung sehr ausgelassen war, machte ich mir ein wenig Sorgen um Papa. Er saß meistens stumm auf seinem Stuhl und schien kaum mitzubekommen, was um ihn herum geschah. Nachdem wir die Pferde gefunden hatten, war mir schon aufgefallen, dass ihn etwas zu beschäftigen schien. Wenn ich nur gewusst hätte, was!

Als wir schließlich ins Bett gingen, war es sehr spät geworden. Ich durfte gar nicht daran denken, dass wir am nächsten Morgen wieder früh aufstehen mussten, um zu Baron Siggi zurückzufahren.

Dieses Mal übernachteten wir in meinem Zimmer. Eigentlich hätten wir müde sein müssen, aber zum Schlafen waren wir viel zu aufgeregt. Wir konnten immer noch nicht genug davon kriegen, über unsere Erlebnisse der letzten Tage zu reden.

Als wir zufällig beide einmal still waren, hörte ich ein Geräusch. Es klang wie die Fehlzündung eines Autos – oder wie ein Schuss!

»Hast du das auch gehört?«, fragte ich Blümchen.

Sie nickte. »Ich glaube, das kam aus eurem Wohnzimmer!«

Gleichzeitig sprangen wir aus dem Bett.

Als wir in unser Wohnzimmer kamen, wusste ich, dass ich tatsächlich einen Schuss gehört hatte. Papa saß vor dem Fernseher und sah sich wieder einmal eines seiner Tatort-Videos mit Kommissar Schimanski an. Papa ist ein großer Fan von Kommissar Schimanski. Vielleicht träumt er ja davon, auch einmal so zu werden wie der Fernsehkommissar. Ich weiß nur nicht, ob er mir dann noch gefallen würde.

»Bist du noch nicht müde, Papa?«, fragte ich.

Papa fuhr herum. »Ach, ihr seid es! Warum schlaft ihr denn noch nicht?«

»Wir sind noch nicht müde«, sagte Blümchen. »Und Sie?«

Papa zuckte mit den Schultern. »Ich auch nicht.« Dann schaltete er aber doch den Fernseher aus. »Trotzdem werde ich jetzt lieber ins Bett gehen, sonst komme ich morgen früh nicht aus den Federn.«

»Ist alles in Ordnung, Papa?«, fragte ich ihn, bevor er aufstehen konnte.

»Ja, sicher. Warum fragst du mich das immer?«

Blümchen und ich setzten uns ihm gegenüber.

»Du warst irgendwie komisch heute Abend«, sagte ich. »Als würdest du dich gar nicht freuen oder als ob dich etwas bedrückt. Und auch im Wald warst du plötzlich so nachdenklich.«

»Nein, nein! Da täuschst du dich!«, rief Papa schnell. »Es ist alles in Ordnung!«

»Papa!«

Papa sah mich lange an. Dann seufzte er. »Also gut. Dir konnte ich ja noch nie etwas verheimlichen. Mich lässt dieser Unterstand, den wir im Wald gefunden haben, nicht mehr los.«

»In dem sich die Pferde versteckt hatten?«, fragte Blümchen.

Papa nickte nur.

»Was ist denn damit?«, fragte ich.

»Weißt du – ach, wahrscheinlich haltet ihr mich für verrückt.«

»Papa! Wir leben hier mit einem Schaf mit Sonnenbrille zusammen, unsere Haushälterin macht die verrücktesten Sachen und Mama und Blümchens Papa sind zusammen verschwunden. Glaubst du wirklich, wir würden dich für verrückt halten, ganz gleich, was du über diesen Unterstand denkst?«

»Wahrscheinlich hast du Recht. Es geht ja auch um deine Mama.«

»Um Mama?«, rief ich. »Was hat sie denn mit den Pferden zu tun?«

»Wenn ich das wüsste! Genau darüber zerbreche ich mir ja schon den ganzen Abend den Kopf! Als wir noch sehr jung waren, wir waren damals noch nicht verheiratet, haben deine Mama und ich zusammen Urlaub gemacht. Wir waren ziemlich verrückt damals!«, rief er plötzlich und lachte laut auf.

»Wieso? Was habt ihr denn gemacht?«

»Wir wollten einen Urlaub abseits jeder Zivilisation verbringen. Zurück zur Natur, verstehst du? Wir haben nichts mitgenommen außer etwas Kochgeschirr und Werkzeug. Wir wollten für zwei Wochen von dem leben, was uns die Natur bot.«

»Das gibt es heute auch noch«, sagte Blümchen. »Dafür muss man viel Geld bezahlen.«

»Wir haben damals gar nichts bezahlt. Wir sind einfach losgezogen. Es war wundervoll! Da wir auch kein Zelt hatten oder Geld, um irgendwo zu übernachten, haben wir im Wald geschlafen – in einem Unterstand, den wir uns selbst gebaut hatten. Deine Mama war sehr geschickt darin. Sie hatte eine besondere Art die Zweige zusammenzuflechten, sodass sie sogar einem Sturm standhielten.«

»Und das hast du heute wieder gesehen«, ergänzte ich.

Papa nickte. »Die Zweige waren genau so geflochten, wie es deine Mama immer gemacht hat. Ich habe so was danach nie wieder gesehen – bis heute. Es ist völlig verrückt!«

»Aber vielleicht gibt es ja noch jemanden, der die Zweige so flechten kann. Und dass gerade dieser Unterstand so gebaut war, ist möglicherweise nur ein – Zufall.«

So, wie Blümchen es sagte, glaubte sie selbst nicht daran. Seit wir hier zusammen wohnten, hatten wir das Wort »Zufall« aus unserem Vokabular gestrichen.

Papa stand auf. »Ja, das kann sein. Wahrscheinlich ist es auch so und ich mache mich nur selbst verrückt. Ich gehe jetzt ins Bett. Ich bin müde. Und macht euch bitte nicht zu viele Gedanken über das, was ich euch erzählt habe. Vergesst es am besten wieder.«

»Glaubst du, deine Mama hat den Unterstand gebaut?«, fragte Blümchen, als wir wieder im Bett lagen.

»Ich weiß nicht. Ich will jetzt auch nicht darüber reden. Ich will nur noch schlafen«, sagte ich, drehte mich um und war auch schon eingeschlafen.

* 13 *

Obwohl der Wecker noch früher läutete als sonst, war ich sofort hellwach. Ich stellte zufrieden fest, dass ich nicht geträumt hatte. Aber schon als ich die Augen aufschlug, sah ich wieder den Unterstand vor mir, von dem Papa glaubte, dass Mama ihn gebaut haben könnte.

Als Blümchen und ich in die Küche kamen, saß Amanda bereits am Frühstückstisch.

»Seid leise«, flüsterte sie. »Sister X schläft noch.«

»Nimmst du sie nicht mit?«, fragte ich sie.

»Nein, das wäre, glaube ich, nicht gut. Sie würde zu viel Aufregung bei euren Klassenkameraden verursachen. Das kann ich euren armen Lehrern nicht zumuten. Die haben genug mitgemacht.«

»Ach, das halten die schon aus«, sagte Blümchen.

Es dauerte bis zum Abwasch, bevor ich den Mut fand Amanda auf unser Gespräch mit Papa anzusprechen.

»Papa glaubt, meine Mama könnte den Unterstand im Wald gebaut haben«, sagte ich unvermittelt.

Amanda sah von ihrem Geschirrtuch auf. »Tatsächlich? Wie kommt er darauf?«

»Wegen der Zweige dort. Die waren auf eine ganz bestimmte Art geflochten«, antwortete Blümchen für mich. »Glaubst du, das ist ein Zufall?«

»Was glaubt ihr denn?«, fragte Amanda zurück.

»Ich weiß nicht mehr, was ich glauben soll«, sagte ich und seufzte.

Amanda legte mir ihre Hand auf die Schulter. »Ricki! Ich verstehe sehr gut, dass euch das Schicksal eurer Eltern sehr beschäftigt. Aber glaubt mir, ihr müsst Geduld haben. Vielleicht war der Unterstand ein Zeichen, vielleicht aber auch nicht. Habt nur Geduld, dann findet ihr auch heraus, was mit euren Eltern geschehen ist.«

»Du, Amanda, glaubst du, ich werde Mama irgendwann wieder sehen?«

Amanda sah mich lange an. »Ja, ich denke schon.«

Immer wenn ich mir ein Wiedersehen mit ihr vorstelle, beginnt mein Herz zu rasen. Wenn ich sie nun tatsächlich wieder sehen würde, was würde ich dann sagen – und vor allem, was würde ich fühlen?

Der Rest der Woche auf dem Gestüt des Barons brachte mich auf andere Gedanken.

Amanda, und vor allem Bubi, waren die Sensation! Jeden Tag musste Amanda mindestens eine Stunde mit irgendwelchen Leuten aus meiner Klasse herumfahren. Sogar Hubert nahm sie einmal mit. Als er sich in den Beiwagen setzte, verzog er zwar verächtlich das Gesicht, als er dann aber wieder zurückkam, strahlte er wie ein kleiner Prinz.

Der Baron brachte uns eine Menge über Pferde bei. Amanda wurde nicht müde ihn mit Fragen zu löchern. Ich glaube, manchmal stellte sie seine Geduld auf eine ziemlich harte Probe. Als wir uns am Freitag wieder auf den Heimweg machten, sah er jedenfalls nicht sehr unglücklich aus.

Zu Hause hatten wir gerade noch Zeit unsere Koffer auszupacken und sie gleich wieder neu zu füllen. Wir aßen zu Abend und gingen sofort ins Bett. Schließlich mussten wir am nächsten Morgen früh los, um rechtzeitig bei Graf Eckstein zu sein.

Papa und auch Frau Wolff waren nicht gerade begeistert darüber, dass wir kaum etwas von dem Rest unserer Klassenfahrt erzählten. Wir versprachen ihnen, es nachzuholen, wenn wir wieder zurück waren.

Der Wachmann kam schon gar nicht mehr heraus, als wir an seinem Wachhäuschen hielten. Er winkte uns gleich durch.

Als wir vor dem Wohnhaus parkten, waren weder der Graf noch Herr Meister irgendwo zu sehen. Wir mussten eine Weile suchen, bis wir sie gefunden hatten.

»Das sind doch unsere Pferde«, flüsterte Blümchen, als wir uns der Box näherten, vor der Herr Meister und der Graf standen.

»Dieses verflixte Biest!«, rief der Graf. »Warum ist es nur so störrisch?«

Als wir noch ein Stück näher herantraten, sahen wir,

dass eines der Pferde, die wir aus dem Wald geholt hatten, wie wild in seiner Box tobte.

»Das arme Pferd«, sagte Blümchen leise. »Bestimmt hat es wieder Angst.«

»Können wir Ihnen helfen?«, fragte Amanda.

Die beiden Männer fuhren herum.

»Ach, Sie sind es!«, rief Herr Meister. »Sie hatte ich schon wieder völlig vergessen!«

»Wir Sie aber nicht«, sagte Amanda und lächelte.

»Warten Sie bitte draußen«, sagte der Graf. »Wir müssen das Pferd beruhigen.«

»Ganz wie Sie wünschen«, erwiderte Amanda.

Wir gingen zum Eingang des Stalls zurück. Dort bückte sich Amanda und nahm Sister X die Brille ab, ohne dass es der Graf und der Stallmeister sehen konnten. Kurz darauf wurde es ruhig in der Pferdebox.

»Na also«, sagte der Graf. »Warum nicht gleich so?«

Amanda setzte Sister X die Sonnenbrille wieder auf.

»Warum hast du das gemacht?«, fragte Blümchen sie.

»Wenn wir herausfinden wollen, was hinter der Angst der Pferde steckt, müssen wir dem Grafen die Gelegenheit geben, das mit ihnen zu tun, was er vorhat. Nur dann haben wir vielleicht eine Chance ihn zu erwischen, falls er etwas Unrechtes tut.«

»Der Chef sagt, wir sollen mit dem Unterricht beginnen«, meinte Herr Meister, als er aus dem Stall kam.

»Gerne!«, strahlte Amanda. »Dazu muss ich mich aber erst umziehen.«

»Meinetwegen!«

Herr Meister zeigte uns unsere Zimmer, wobei er sehr darauf achtete, Sister X nicht zu nahe zu kommen. Blümchen und ich teilten uns wieder eines, während Amanda ihr eigenes bekam.

Die Zimmer waren zwar nicht ganz so prunkvoll wie bei Baron Siggi, aber auch ganz nett. Wenn das so weiterging, würden wir noch genauso anspruchsvoll werden wie Eleonore und ihre adligen Freunde.

Blümchen und ich warteten schon vor dem Haus, als Amanda endlich erschien. Sie trug eine komplette Reiteruniform. Ich fragte mich, woher sie die so schnell genommen hatte.

»Richtig gekleidet sind Sie ja zumindest«, brummte der Stallmeister. »Na, dann los!«

Amanda hatte uns gesagt, wir hätten nichts weiter zu tun, als mit Sister X am Rande des Geländes zu stehen, wo sie ihre Übungen machte. Außerdem sollten wir darauf achten, dass Sister X ihr dabei zusehen konnte.

Herr Meister führte uns zu einer Koppel, in deren Mitte ein niedriges Hindernis stand.

»So, hier fangen wir an«, sagte er. »Zeigen Sie mal, ob Sie tatsächlich reiten können. Aber Vorsicht bitte!«

Erstaunlich geschickt schwang Amanda sich auf das Pferd und ritt los. Ohne Probleme übersprang sie das Hindernis.

»Gar nicht schlecht!«, rief Herr Meister. »Die Haltung – alles stimmte. Gleich noch einmal!«

Und wieder sprang Amandas Pferd ohne Mühe über das Hindernis.

»Donnerwetter! Das hätte ich nicht gedacht!«, rief Herr Meister wieder. »Dann lassen Sie es uns gleich noch ein wenig schwieriger machen.«

Er führte uns zu einer anderen Koppel, auf der mehrere etwas höhere Hindernisse standen. Aber auch hier hatte Amanda keine Mühe sie zu überwinden.

Herrn Meisters Verwunderung schlug in Begeisterung um.

»Das ist ja unglaublich! Sie sind ein Naturtalent, gnädige Frau!«

Und so ging es weiter. Welche Aufgabe Herr Meister Amanda auch stellte, welches Hindernis sie auch überspringen sollte, Amanda ritt ohne jeden Fehler.

Allerdings sah er einige Male zu Sister X und schüttelte den Kopf. Ob er ahnte, dass sie Amanda half?

Als wir mit dem Grafen beim Abendessen saßen, schäumte Herr Meister geradezu über vor Begeisterung.

»Das hätten Sie sehen sollen, Chef! Sie hat alles geschafft! Selbst den Wassergraben! Ich habe so etwas noch nicht erlebt! Diese Frau ist ein Naturtalent! Wirklich, Chef! Ein Naturtalent!«

»Nun kriegen Sie sich mal wieder ein, Meister«, sagte der Graf. »Wenn die Dame so gut reitet, kann sie ja versuchen unsere beiden Sorgenkinder zu bändigen.«

»Sie haben Sorgenkinder?«, fragte Amanda unschuldig.

»Das kann man wohl sagen«, meinte Herr Meister. »Ausgerechnet die beiden Pferde, die Sie gefunden haben, machen uns nun die größten Schwierigkeiten. Sie lassen uns nicht an sie heran, spielen verrückt, sobald wir auch nur in ihre Nähe kommen. Vielleicht liegt es daran, dass sie zu lange frei im Wald herumgelaufen sind.«

Ich spürte Blümchens Blick auf mir und hoffte, dass sie nicht zu jubeln begann oder Herrn Meister und dem Grafen sagte, dass es ihnen recht geschehe.

»Es reicht, Meister«, sagte der Graf unwirsch. »Plappern Sie nicht wie ein altes Waschweib. Wir werden den beiden schon zeigen, wer der Herr im Haus ist. Und das vielleicht heute Abend noch!«

»Noch einen Kaffee?«, fragte der Graf nach dem Essen.

Amanda streckte sich. »Es war ein anstrengender Tag. Wenn Sie erlauben, würde ich mich lieber zurückziehen.«

Sie stand auf und gab uns durch einen Blick zu verstehen, dass wir gefälligst auch müde zu sein hatten.

Wir verabschiedeten uns brav und gingen mit Amanda hinauf in unsere Zimmer.

»Ich komme gleich zu euch«, flüsterte sie uns zu, als wir auf der Treppe waren. »Geht also noch nicht ins Bett.«

»Das hätten wir sowieso nicht gemacht«, sagte ich.

Kurz darauf klopfte Amanda an unsere Tür. Sister X war bei ihr.

»Macht das Licht aus«, sagte sie, als wir die beiden hereingelassen hatten.

Blümchen schaltete die Deckenleuchte aus. »Warum?«, fragte sie.

Amanda ging zum Fenster und sah hinaus. »Ich will den Hof im Auge behalten. Von eurem Zimmer aus hat man den besten Überblick. Ich bin gespannt, was die beiden heute Abend vorhaben.«

»Das haben sie doch gesagt!« Blümchen konnte ihre Stimme kaum noch dämpfen. »Sie wollen den Pferden zeigen, wer der Herr im Haus ist!«

»Was haben sie damit nur gemeint?«, fragte ich.

»Genau das möchte ich herausfinden«, antwortete Amanda. »Auf jeden Fall hört sich das nicht sehr freundlich an. Darum will ich die beiden auch beobachten.«

Blümchen und ich stellten uns neben Amanda und sahen auf den Hof hinab.

»Vielleicht sind sie ja schon im Stall«, meinte Blümchen.

Amanda schüttelte den Kopf. »Das glaube ich nicht. Der Graf hatte sich noch einen Kaffee bei der Köchin bestellt. So schnell hat er ihn nicht bekommen und ausgetrunken.«

Es dauerte tatsächlich noch eine Weile, bis unser Warten belohnt wurde.

Endlich liefen der Graf und sein Stallmeister quer über den Hof auf die Ställe zu.

»Und was machen wir jetzt?«, fragte ich.

»Wir folgen ihnen, aber ich will erst sehen, ob sie auch wirklich zu unseren Freunden aus dem Wald wollen. – Da! Sie gehen tatsächlich in ihren Stall. Los, jetzt nichts wie hinterher!«

Vorsichtig, dass uns niemand der Angestellten des Grafen sah, schlichen wir die Treppe hinunter und verließen das Haus.

Wie schon auf dem Gestüt des Barons schlichen wir an den Mauern entlang zu dem Stall, in dem Neles Pferde standen. Wieder war es beinahe stockdunkel und wieder wirkten die Gebäude um uns herum unheimlich. Doch dieses Mal hatte ich keine Angst. Amanda und Sister X waren ja bei uns!

Plötzlich blieb Amanda stehen. »Ist das nicht diese angebliche Werkstatt des Grafen?«, fragte sie und zeigte auf eine Tür.

Ich erinnerte mich daran, dass der Graf bei unserem ersten Besuch dahinter verschwunden war und Herr Meister gesagt hatte, es wäre die Werkstatt des Grafen.

Wir schlichen zu der Tür und versuchten sie zu öffnen.

»Verschlossen«, flüsterte Amanda. »Schade, ich hätte zu gern gewusst, womit sich der Graf in seiner Werkstatt beschäftigt. – Also, dann zum Stall!«

»Hineingehen können wir nicht. Dann entdecken sie uns sofort«, sagte Blümchen, als wir, an die Mauer geschmiegt, neben der Stalltür standen.

»Das müssen wir aber«, erwiderte Amanda. »Schließlich wollen wir wissen, was sie da drinnen treiben.«

»Können wir nicht versuchen sie durch ein offenes Fenster zu belauschen?«, fragte ich sie.

Amanda schüttelte den Kopf. »Das ist mir zu unsicher. Wir legen uns auf den Boden und robben in den Stall. So ist die Gefahr entdeckt zu werden am geringsten. Sister X kann ja hier warten.«

Mit weichen Knien tat ich, was Amanda vorgeschlagen hatte. Ich drückte mich so dicht an den Boden, dass ich Stroh in den Mund bekam und einen Hustenanfall unterdrücken musste.

Amanda war als Erste in den Stall gekrochen. Nach ein paar Metern sah sie sich zu uns um und bedeutete uns mit einer Handbewegung, dass wir liegen bleiben und still sein sollten.

Ich legte mich flach auf den Boden und lauschte. Zuerst hörte ich nur mein Herz klopfen, doch dann erkannte ich deutlich die Stimme des Grafen.

»So hat das keinen Sinn, Meister. Wir haben bis jetzt noch nicht einmal geschafft die Biester zu reiten. Am liebsten möchte ich Stricke holen und sie fesseln.«

Blümchen griff nach meinem Arm und drückte ihn so fest, dass ich beinahe aufgeschrien hätte.

»Und was soll das bringen?«, fragte Herr Meister. »Mit gefesselten Pferden können Sie an dem Turnier nicht teilnehmen.«

»Das weiß ich auch, Mensch!«, schnauzte der Graf. »Diese Pferde kann ich für das Turnier sowieso vergessen. Wir müssen mit einem der anderen Pferde gewinnen. Die sind ja auch nicht schlecht. Und zur Not helfen wir etwas nach! So haben wir wenigstens eine Gelegenheit es einzusetzen. Schließlich habe ich lange genug daran gearbeitet.«

»Wollen Sie das wirklich, Chef?«, fragte Herr Meister. »Wir haben es doch noch gar nicht getestet. Außerdem wissen wir nicht, ob die Pferde das auch verkraften.«

»Ach, was Sie immer haben!«, hörte ich die Stimme des Grafen. »Pferde sind zäh. Die haut so schnell nichts um. Außerdem haben wir noch ein paar Tage Zeit alles richtig einzustellen. Wir probieren es erst an einem Tier aus, das nicht so wertvoll ist. Wenn dann tatsächlich etwas passiert, ist es kein so großer Verlust. Außerdem will ich es während des Turniers ja nur dann einsetzen, wenn es unbedingt sein muss. Meine anderen Pferde sind mindestens ebenso gut wie die des Barons. Wahrscheinlich werde ich es also gar nicht einsetzen müssen.«

Ich sah zu Blümchen. Sie hatte die Augen weit aufgerissen und biss sich in die Hand.

»Finden Sie nicht, Sie übertreiben allmählich, Chef?«, fragte wieder der Stallmeister. »Ich verstehe ja, dass Sie das Turnier gewinnen wollen, aber –«

»Ich *will* es nicht gewinnen, Meister. Ich *muss!* Das ist ein himmelweiter Unterschied!«

»Trotzdem möchte ich da lieber nicht mitmachen, Chef. Am Anfang waren es ja nur Kleinigkeiten, aber in letzter Zeit werden Sie immer brutaler. Das ist doch Tierquälerei!«

»Ach so! Ich bin also brutal! Mein lieber Herr Meister! Der Wettkampf ist brutal, die Konkurrenz ist brutal, das ganze Leben ist brutal! Ich passe mich da nur an. Und wenn Sie glauben, Sie könnten aussteigen, haben Sie sich geirrt! Sie haben bis hierhin mitgemacht, Sie werden es auch weiter tun! Haben Sie mich verstanden?«

»Ja, Chef«, sagte Herr Meister leise.

Ich konnte nicht glauben, was ich gehört hatte. Tierquälerei! Das war es also. Nur, womit quälte er die Pferde und was war es, das der Graf während des Turniers einsetzen wollte?

Plötzlich begann Blümchen leise zu wimmern. Und genau in dem Augenblick hörte und spürte ich es auch. Das Flüstern und dieses schreckliche Angstgefühl!

Blümchen lag neben mir, hielt sich die Ohren zu und wälzte sich hin und her. Ich wollte ihr helfen, aber ich konnte mich selbst kaum bewegen. Wenn man sagt, das Angst jemanden lähmen kann, dann wusste ich jetzt, dass es wirklich so war. Amanda drehte sich um und kroch zu uns.

»Das Flüstern!«, sagte ich so leise, dass ich fast nur meine Lippen bewegte. »Sister X! Die Sonnenbrille! Bitte, Amanda!«

»Sister X ist draußen!«, flüsterte Amanda zurück. »Ihr müsst mitkommen!«

Ich versuchte Blümchen anzusprechen, doch die hatte die Augen fest geschlossen, hielt sich die Ohren zu und jammerte leise.

»Hören Sie mal!«, rief der Graf plötzlich. »Ist da jemand?«

»Ich habe nichts gehört, Chef.«

»Ich aber! Sehen Sie mal nach, Meister!«

Amanda ging auf die Knie und robbte an mir vorbei. Ich betete, dass sie Sister X erreichte, bevor Herr Meister uns entdeckte. Doch der war zum Glück etwas schwer von Begriff.

»Wo soll ich denn nachsehen, Chef?«

»Meine Güte! Was weiß ich? Hier im Stall oder draußen! Sehen Sie halt nach, verdammt noch mal!«

Ich hörte deutlich Schritte auf uns zukommen. Amanda würde es nicht mehr rechtzeitig schaffen!

* 14 *

Verzweifelt sah ich mich um. Egal, was passierte, meine Freundin würde ich nicht allein hier liegen lassen! Da fiel mein Blick auf einen Stein neben mir. Ich nahm meine ganze Kraft zusammen, hob ihn auf und warf ihn zur Seite. Er polterte gegen eine Holzwand.

»Jetzt habe ich es auch gehört!«, rief Herr Meister.

Die Schritte entfernten sich wieder, gleichzeitig wurde das Flüstern leiser und verstummte schließlich.

Blümchen öffnete die Augen. »Ist es vorbei?«

Ich nickte. »Komm! Nichts wie raus hier!«

Wir robbten aus dem Stall zu Amanda und Sister X. Dann rannten wir den gleichen Weg zurück ins Haus, den wir gekommen waren.

In unserem Zimmer ließen wir uns aufs Bett fallen, auch Amanda. Sogar Sister X ließ sich erschöpft auf dem Teppich nieder.

»Wenn du den Stein nicht geworfen hättest, wären wir erwischt worden, Ricki«, sagte Amanda schnaufend.

»Tut mir Leid«, sagte Blümchen. »Ich konnte mich einfach nicht mehr bewegen. Das war noch schlimmer als im Wald!«

»Ich hatte auch das Gefühl, die Angst wird stärker und stärker. Aber nun wissen wir, welchen Grund diese Angst hat.«

»Tierquälerei!«, rief ich. »Sie haben Angst gequält zu werden!«

»Das würde uns ja auch so gehen. Stellt euch vor, ihr wüsstet, dass ihr gefoltert werden sollt.«

»Was machen die nur mit den armen Pferden?«, rief Blümchen.

»In jeder Sportart gibt es leider schwarze Schafe«, sagte Amanda. »Ich habe schon davon gehört, dass Pferde mit Schlägen oder sogar Elektroschocks dazu gebracht werden sollen, bessere Leistungen zu bringen.«

»Das ist ja schrecklich!«, rief Blümchen.

»Sollen wir morgen noch einmal versuchen in die Werkstatt zu kommen?«, fragte ich.

»Das hat wenig Sinn«, sagte Amanda. »Wenn darin tatsächlich etwas ist, das den Grafen belastet, hält er die Werkstatt sicher streng verschlossen. Und wenn wir die Tür aufbrechen, würde er gleich wissen, dass wir ihm auf der Spur sind, und alle Beweise vernichten.«

»Dann müssen wir sofort nach Hause und es Rickis Papa erzählen!«, rief Blümchen. »Der soll mit seinen Kollegen kommen und –«

»Auch das ist noch zu früh«, unterbrach Amanda sie. »Wir haben keine Beweise. Der Graf ist zu schlau, sonst wäre er sicher längst erwischt worden. Wir müssen ihn dazu bringen, unvorsichtig zu werden. Und das werden wir während dieses Turniers versuchen!«

»Sie wollen schon gehen?«, fragte der Graf beim Frühstück, nachdem Amanda ihm erzählt hatte, dass wir unsere Koffer gepackt hätten. »Sie hatten doch vor, ein ganzes Wochenende zu bleiben.«

»Ja, mein lieber Graf Eckstein«, sagte Amanda mit einem Lächeln. »Es war sehr schön bei Ihnen. Aber Herr Meister ist ein so zaubergalaktischer Lehrmeister, dass ich wirklich rundum zufrieden bin.«

»Na, dann bin ich ja beruhigt«, sagte der Graf.

»Außerdem werden wir uns sicher wieder sehen«, fügte Amanda noch hinzu.

»Das – äh – wäre wirklich – sehr schön.«

»Ich verstehe dich nicht«, sagte Blümchen, als wir unseren Koffer auf Bubis Gepäckträger festzurrten. »Wie kannst du so freundlich zu diesem Mistkerl sein?«

»Das habe ich dir doch schon erklärt. Er soll sich sicher fühlen. Aber wenn es dich beruhigt, bei unserem nächsten Treffen wird es nicht mehr so freundlich zugehen. Doch damit das klappt, müssen wir noch eine Menge Vorbereitungen treffen.«

Als wir nach Hause kamen, hängte sich Amanda sofort ans Telefon.

Da Papa, Frau Wolff und Opa Schraube darauf bestanden, dass wir uns in unserem Wohnzimmer zusammensetzten und ihnen endlich von unserer Klassenfahrt erzählten, wussten wir nicht, wen Amanda anrief und warum.

Nach fast einer Stunde kam sie endlich zu uns.

»So«, sagte sie und rieb sich die Hände. »Jetzt eine Tasse Kaffee und ein Gläschen Mandellikör und die Schlacht kann beginnen!«

»Die Schlacht?«, fragte Papa. »Welche Schlacht?«

Amanda sah auf ihre Uhr. »Das werde ich euch erklären, wenn wir uns in – genau einer Stunde in meiner Bibliothek treffen.«

Bevor wir etwas sagen konnten, war sie wieder verschwunden.

»Da bin ich ja mal gespannt, was sich die Verrückte wieder ausgedacht hat«, meinte Opa Schraube.

Blümchen und ich konnten es kaum abwarten, bis die Stunde endlich vorüber war.

Trotzdem gingen wir sehr pünktlich zu Amanda. Wir wussten ja nicht, welche Vorbereitungen sie vorher noch treffen musste.

Als wir alle zusammen in den langen Flur kamen, hörten wir, dass Amanda nicht allein war.

Opa Schraubes Zigarrenstummel kreiste. »Was ist das für ein – was macht ihr denn alle hier?«, rief er, als er die Tür zu Amandas Bibliothek öffnete.

Da waren sie tatsächlich wieder alle: Amandas Geisterkränzchen, Opa Schraubes Boxfreunde und sogar Didi!

»Das würden wir auch gern wissen«, sagte Walter. »Aber Amanda will es uns erst sagen, wenn ihr da seid. Also setzt euch. Ich platze schon vor Neugier!«

Amanda stellte Kaffee, Tee, eine Flasche Mandellikör

und eine große Schale mit Gummibärchen auf den Tisch und ließ sich in einen Sessel fallen.

»Schön, dass ihr alle gekommen seid«, sagte sie. »Habt ihr meine Aufträge auch erledigen können?«

Opa Schraubes Boxfreunde und Amandas Geisterkränzchen nickten.

»Welche Aufträge denn?«, fragte Opa Schraube. »Und warum haben Günter, Willi und Walter einen Auftrag bekommen und ich nicht?«

»Eines nach dem anderen«, sagte Amanda. »Lasst mich zunächst erzählen, was Ricki, Blümchen und ich bei Graf Eckstein herausgefunden haben.«

»Du warst noch einmal bei diesem furchtbaren Menschen?«, rief Eleonore voller Abscheu.

»Ja, und ihr werdet auch gleich wissen, warum.«

»Das ist starker Tobak«, sagte Opa Schraube, als Amanda alle in Kenntnis gesetzt hatte.

»So eine Schweinerei!«, schimpfte Didi. »Wenn ich diesen Typen in die Finger kriege!«

»Wir müssen es ihm noch beweisen«, unterbrach Amanda ihn. »Und das werden wir während des Turniers versuchen. Nach unserem bewährten Vorgehen, zwanzig Augen sehen mehr als zwei, wäre es das Beste, wir gingen alle zu diesem Turnier. Darum habe ich auch Eleonore gebeten Karten für uns zu besorgen.«

»Da muss ich dich leider enttäuschen, meine Liebe«, sagte Eleonore mit schuldbewusstem Gesicht. »Das Turnier ist seit Wochen ausverkauft.«

»Das ist ärgerlich.« Amanda seufzte. »Nicht eine Karte?«

»Nun, ich habe es geschafft, dem guten Baron Siggi eine Ehrenkarte abzuschwatzen. Die bekommt er immer, weil er Mitglied des Festausschusses ist.«

»Dann muss ich es allein versuchen«, sagte Amanda.

»Eine Karte habe ich noch für mich«, erwiderte Eleonore. »Wenn du willst, kann ich sie gern zur Verfügung stellen.«

»Nein, nein«, sagte Amanda gleich. »Es sind ja eine Menge Adlige auf dem Turnier, da kann ich dich vielleicht gut gebrauchen.«

»Sollen wir Baron Siggi nicht auch einweihen?«, fragte Eleonore. »Schließlich geht es ihn als Mitglied des Festausschusses ja auch an. Außerdem hat er mir schon ein Loch in den Bauch gefragt, wozu ich die Eintrittskarte so dringend brauche.«

»Nein«, sagte Amanda bestimmt. »So gern ich Baron Siggi mag, es wäre nicht klug, ihm von unserem Verdacht zu erzählen. So, wie ich ihn kennen gelernt habe, redet er sehr gern. Die Gefahr ist zu groß, dass er sich verplappert.«

»Da hast du allerdings Recht!« Eleonore kicherte.

»Ich bin dagegen, dass Sie allein dorthin gehen«, sagte Opa Schraube plötzlich.

»So? Warum denn?«

»Nun – weil – Sie es nicht allein schaffen werden.«

»Keine Angst«, erwiderte Amanda. »Das mache ich schon.«

»Willst du vielleicht nicht, dass Amanda allein zum Turnier geht, weil du Angst um sie hast?«, fragte Gerda.

Opa Schraubes Zigarrenstummel kreiste wie ein Propeller. »Ich? Angst? Um die Verrückte? Das wüsste ich aber!«

Gerdas Lächeln war anzusehen, dass sie ihm genauso wenig glaubte wie wir anderen.

»Es wird schon nichts passieren«, sagte Amanda und klopfte Opa Schraube auf die Schulter. »Außerdem können Sie und alle anderen ja draußen warten. Wenn es gefährlich wird, holt Eleonore Sie.«

»Meinetwegen«, brummte Opa Schraube.

»Gut. Dann brauche ich noch den Lageplan der Reithalle. Haben Sie ihn besorgen können?«, fragte sie Opa Schraubes Boxfreunde.

»Klar!«, strahlte Günter und zog ein Blatt Papier aus seiner Tasche.

»Lageplan?«, rief Opa Schraube. »Wo habt ihr den denn her?«

»Sagen wir nicht!«, riefen Günter, Willi und Walter im Chor und grinsten Opa Schraube an. Sie wissen genau, womit sie ihn ärgern können.

»Dann eben nicht!«, brummte Opa Schraube. »Und wozu brauchen Sie den?«

»Das weiß ich noch nicht«, sagte Amanda, ohne von dem Plan aufzusehen. »Aber gute Vorbereitung ist alles.«

»Wie wollen Sie den Grafen denn überführen?«, fragte Papa.

Amanda zuckte mit den Schultern. »Das weiß ich auch noch nicht. Es wird sich ergeben. Ich muss eben improvisieren.«

Mittlerweile kannte ich Amanda gut genug, um zu wissen, dass sie ganz sicher schon einen genauen Plan hatte.

Papa schien es auch zu vermuten. »Wollen Sie das nicht doch lieber die Polizei machen lassen?«, fragte er.

Amanda schüttelte energisch den Kopf. »Nein, das kommt nicht infrage! Wenn der Graf die Polizei nur riecht, haben wir keine Chance mehr. Der ist zu gerissen!«

»Meinetwegen«, seufzte Papa. »Aber ich werde die Kollegen vorwarnen. Allerdings erzähle ich natürlich nichts von Ihnen.«

»Das ist auch besser so«, schmunzelte Amanda.

Als wir am nächsten Tag, kurz vor Unterrichtsschluss, ein wohl bekanntes Knattern vor der Schule hörten, dauerte es keine Minute, bis alle an den Fenstern standen und nach draußen winkten – bis auf Hubert Wacker.

Es war schon erstaunlich, was die paar Tage mit Amanda auf Baron Siggis Gestüt bewirkt hatten. Vorher waren Blümchen und ich immer die Außenseiter gewesen. Und nun war es Hubert.

»Wo fahren wir denn hin?«, brüllte ich Amanda zu, als sie begleitet vom lauten Geheule meiner Klassenkameraden losfuhr.

»Zur Reithalle!«, brüllte Amanda zurück.

Danach war keine Unterhaltung mehr möglich, bis wir vor der Reithalle standen.

»Was willst du hier?«, fragte Blümchen. »Das Turnier ist doch erst am Wochenende.«

»Wie ich schon sagte«, antwortete Amanda und zog den Lageplan aus ihrer Tasche, »Vorbereitung ist alles!«

»Kommen wir denn überhaupt da hinein?«, wollte ich wissen.

»An Wochentagen ist die Halle für die Reitvereine freigegeben. Das hat mir Günter erzählt. Zwischen denen werden wir nicht weiter auffallen.«

Ich wusste zwar, dass es diese Reithalle in der Stadt gab, und auch von dem Turnier hatte ich schon gehört, aber ich war noch nie dort gewesen.

Ich hätte nie gedacht, dass die Halle so groß sein würde. Von der rechteckigen Reitfläche aus stiegen an allen vier Seiten Tribünen steil an, auf denen sicher ein paar Tausend Leute Platz fanden.

»Kommt, wir müssen weiter«, sagte Amanda, als Blümchen und ich stehen blieben, um den Reitern, die in der Halle trainierten, zuzusehen.

»Wo willst du eigentlich hin?«, fragte ich.

»Die Halle ist nicht so interessant für mich«, antwortete Amanda. »Mich interessiert das Innenleben viel mehr.«

Zuerst führte sie uns in einen Raum, der unmittelbar an die Halle grenzte und durch ein Rolltor mit ihr verbunden war.

»Hier bereiten sich die Pferde und die Reiter während des Turniers auf ihren Einsatz vor«, erklärte Amanda uns.

Dann lief sie herum und sah in jeden Winkel, als suchte sie etwas. Schließlich steuerte sie auf eine große Metallkiste zu, die in der hintersten Ecke des Raumes stand. Sie fummelte so lange daran herum, bis sie sich öffnen ließ.

»Da sind alte Decken drin«, sagte sie. »Die werden am Turniertag bestimmt nicht gebraucht. Helft mir mal die Kiste leer zu räumen.«

In der Hoffnung, dass Amanda uns irgendwann verraten würde, was das Ganze sollte, holten wir die Decken aus der Kiste und stapelten sie in einer anderen Ecke auf. Währenddessen kramte Amanda in ihren Taschen herum.

Schließlich zog sie mit triumphierendem Lächeln eine Schraube hervor. »Die ist übrig geblieben, als Opa Schraube meinen Staubsauger repariert hat!« Sie klemmte die Schraube unter den Kistendeckel, sodass der nicht vollständig schloss. »Das müsste reichen«, meinte sie dann.

Sie verschob die Kiste noch ein wenig, dann stiefelte sie weiter. Blümchen und ich rannten hinter ihr her. In einem Comic hätten dabei Fragezeichen über unseren Köpfen geschwebt.

Sie führte uns in den Heizungskeller, in die Küche und schließlich zu den Toiletten. Doch nirgendwo schien sie zu finden, was sie suchte. Endlich blieb sie in einem abgelegenen Gang vor einer Tür stehen und machte einen kleinen Hüpfer.

»Na also! Das habe ich gesucht!«

»Was hast du gesucht?«, fragte ich schon leicht genervt.

Amanda öffnete die Tür. Sie führte nach draußen. »Das ist ein Notausgang. Der kann von innen, aber nicht von außen geöffnet werden!«

»Aha. Und was haben wir davon?«

»Diese Tür ist wichtig für euren Auftrag«, sagte Amanda.

Wir waren sofort hellwach.

»Am Tag des Turniers wartet ihr draußen vor der Tür mit Sister X und Penelope, bis ich komme und sie hole. Ich werde es wohl kaum schaffen, sie unauffällig durch den Haupteingang zu bringen. Und die beiden benötige ich unter allen Umständen.«

»Alle beide?«, fragte ich. »Wozu denn Penelope?«

»So ein schläfriger Kater kann manchmal auch recht nützlich sein«, meinte Amanda nur.

»Und das ist alles?«, rief Blümchen. »Deshalb sind wir so lange herumgelaufen?«

»Manchmal sind die kleinen Dinge die wichtigsten«, antwortete Amanda.

✶ 15 ✶

Opa Schraube schien sich ernsthafte Sorgen um Amanda zu machen. Ich weiß nicht, wie oft er ihr in den nächsten Tagen gute Ratschläge gab und sie immer wieder eindringlich ermahnte vorsichtig zu sein.

Meistens endete sein Vortrag mit den Worten: »Seien Sie auf der Hut! Tierquäler sind zu allem fähig.«

Und Amanda antwortete darauf: »Keine Angst, ich weiß, was ich tue.«

Sogar am Turniertag, kurz bevor sie zur Reithalle aufbrach, ermahnte Opa Schraube sie noch einmal vorsichtig zu sein.

Amanda hatte mit den anderen verabredet, dass sie erst kurz nachdem das Turnier begonnen hatte, zur Reithalle kommen sollten. So konnte sie sicher sein, dass der Graf oder Herr Meister niemanden von ihnen sah.

Selbstverständlich hatte Opa Schraube uns streng untersagt mitzukommen. Für uns war es seiner Ansicht nach sowieso zu gefährlich. Ich glaube, er wunderte sich ein wenig darüber, dass wir überhaupt nicht protestierten, aber Amanda hatte uns ausdrücklich gebeten nichts von unserem kleinen Plan zu erzählen.

Kaum waren Opa Schraube und Gerda aufgebrochen, holten wir Sister X und Penelope, der laut auf unserem Arm schnarchte, und machten uns auf den Weg zur Reithalle. Papa hatte Dienst. Er wollte sich nicht von seinem Schreibtisch rühren, falls sich jemand von uns meldete.

»Schade, dass wir nicht in die Reithalle können«, sagte Blümchen, als wir unterwegs waren. »Ich hätte zu gerne mitgeholfen diesen Mistkerl zu überführen.«

»Vielleicht nimmt Amanda uns ja mit, wenn sie Sister X und Penelope holt«, sagte ich.

»Au ja! Das wäre super! Wir fragen sie!«

Ich hatte damit gerechnet, dass wir einige Zeit vor dem Notausgang würden warten müssen, bevor Amanda kam. Doch sie wartete bereits auf uns.

»Da seid ihr ja endlich!«, rief sie uns zu. »Ich hatte schon Angst, es wäre etwas dazwischengekommen.«

»Wir konnten doch erst weg, nachdem Opa Schraube und Blümchens Mama gegangen waren«, erwiderte ich.

»Hat das Turnier denn schon begonnen?«, fragte Blümchen.

»Nein, zum Glück hält der Bürgermeister eine Rede, und die dauert ja immer etwas länger. Aber er ist bestimmt gleich fertig. Ich muss mich also beeilen.«

»Dürfen wir mitkommen?«, fragte Blümchen.

»Nein, das ist nicht möglich«, antwortete Amanda bestimmt. »Es wird schon schwierig genug sein, Sister X zu verstecken.«

Bevor wir fragen konnten, wo und warum sie Sister X

verstecken wollte, war sie auch schon mit Schaf und Kater durch die Tür des Notausgangs verschwunden.

»Schade. Das war nichts«, sagte ich. »Jetzt stehen wir ganz schön blöd da.«

»Und zu den anderen können wir auch nicht«, meinte Blümchen. »Die haben uns ja verboten mitzukommen. – Du! Guck mal! Die Tür ist gar nicht zu!«

Ich ging zu dem Notausgang und drückte vorsichtig gegen die Tür. Sie ließ sich tatsächlich öffnen!

Ein Blick zwischen Blümchen und mir genügte: Nichts wie hinterher!

»Ob sie die Tür absichtlich offen gelassen hat?«, fragte Blümchen, während wir durch die Gänge der Reithalle schlichen.

»Amanda ist alles zuzutrauen«, antwortete ich.

Zum Glück kannten wir uns von unserem ersten Besuch in der Reithalle her ziemlich gut dort aus. Amanda und Sister X konnten wir aber nirgendwo entdecken.

Ich blieb stehen. »Wo sie wohl hingegangen sind?«

»Mensch, die Kiste!«, rief Blümchen. »Wir mussten doch die Decken aus der Kiste packen. Bestimmt will sie Sister X dort verstecken.«

»Dann nichts wie hin!«

Als wir in die Nähe des Vorraums kamen, hörten wir Stimmen von dort. Wahrscheinlich bereiteten sich die Reiter gerade auf ihren großen Auftritt vor. Dicht an den Wänden entlang schlichen wir bis zur Tür. Darin hatten wir ja mittlerweile Übung.

Wir versteckten uns hinter dem Türrahmen und sahen um die Ecke in den Vorraum, in dem fünf oder sechs Reiter mit ihren Pferden standen. Der Graf und Herr Meister waren auch darunter. Einige Helfer wuselten um sie herum.

»Da!«, flüsterte Blümchen mir zu. »Er hat tatsächlich keines von Neles Pferden dabei.«

Das Pferd des Grafen war zwar auch ein Rappe, aber Neles Pferde hätten wir mittlerweile unter hundert anderen herausgefunden.

»Hoffentlich flüstert es nicht auch«, sagte Blümchen.

»Das glaube ich nicht. Amanda und Sister X sind doch da.«

Und dann entdeckten wir sie. Amanda stand tatsächlich an der großen Metallkiste. Wir konnten gerade noch sehen, wie Sister X darin verschwand. Amanda flüsterte ihr noch etwas ins Ohr, dann schloss sie den Deckel. Sie klemmte die Schraube zwischen Kiste und Deckel, sodass der nicht ganz zufallen konnte, so, wie sie es ein paar Tage zuvor ausprobiert hatte. Es blieb gerade noch genug Platz, damit Sister X durch den Spalt hinaussehen konnte. Und Amanda hatte die Kiste so hingestellt, dass ihr Schaf von dort aus auf den Parcours schauen konnte. Dann versteckte sie sich selbst hinter der Kiste.

»Sie braucht die Hilfe von Sister X, wenn sie reitet«, bestätigte Blümchen das, was ich selbst gerade gedacht hatte.

»Aber sie hat doch gar kein Pferd«, flüsterte ich ihr zu.

Blümchen zupfte an meinem Ärmel. »Guck mal! Sie versucht Penelope zu wecken!«

Nach einigen vergeblichen Versuchen schaffte sie es tatsächlich, ihren Kater zu wecken. Auch ihm flüsterte sie etwas ins Ohr und setzte ihn auf den Boden.

Unsere kleine Schlafmütze torkelte noch halb im Schlaf in den Vorraum und strich einem der Reiter um die Beine. Daraufhin fiel der Reiter um und begann sofort laut zu schnarchen. Penelope trottete zurück, legte sich neben Amanda und war auch schon wieder eingeschlafen.

»Was soll das denn?«, fragte Blümchen mich.

»Keine Ahnung. Bestimmt erfahren wir es gleich.«

Es dauerte einige Augenblicke, bis jemand merkte, dass ein Reiter auf dem Boden lag.

»Da liegt einer der Reiter!«, rief plötzlich jemand. »Der ist ohnmächtig!«

Erst rannten alle durcheinander, dann entschied sich endlich jemand einen Arzt zu holen.

»Wer ist das überhaupt?«, fragte ein Helfer.

»Ich kenne ihn«, sagte der Graf. »Er reitet das Pferd von Baron Siggi. Tja, das war's dann wohl für den guten Baron.«

Blümchen und ich sahen uns an. Allmählich dämmerte uns, was Amanda plante.

»Ich hole den Baron«, sagte der Helfer. »Und den Turnierleiter!«

Kurz darauf kam der Arzt. Er beugte sich über den am Boden liegenden Reiter.

»Dem fehlt nichts. Der schläft«, sagte er, nachdem er sich wieder aufgerichtet hatte.

Inzwischen waren auch Baron Siggi und Eleonore aufgetaucht und mit ihnen ein Mann, der ziemlich wichtig aussah. Das war wohl der Turnierleiter.

»Ihr Reiter schläft, Herr Baron«, sagte der Arzt zu Baron Siggi.

»Ja, dann wecken Sie ihn, zum Kuckuck!«

Der Arzt rüttelte an den Schultern des Reiters.

Der schlug nur kurz die Augen auf und murmelte »Heia machen«. Dann drehte er sich wieder zur Seite.

»Nichts da! Kein Heia machen! Reiten!«, brüllte der Baron ihn an.

»Will nicht aufstehen. Heia machen«, nuschelte der Reiter und schnarchte schon wieder.

Der Graf baute sich neben seinem Pferd auf und vergrub die Hände in den Hosentaschen. »Da haben Sie sich ja eine schöne Schlafmütze angelacht«, sagte er und grinste über das ganze Gesicht.

Das machte den Baron erst richtig wütend. Er kniete sich neben seinen Reiter und schüttelte ihn wie einen Obstbaum.

»Hören Sie!«, brüllte Baron Siggi. »Aufwachen! Nicht schlafen! Reiten! Hopp, hopp, hopp! Pferdchen lauf Galopp!«

»Schrei mich nicht so an, Mami! Ich will nicht zur Schule«, sagte der Reiter mit geschlossenen Augen.

Baron Siggi ließ ihn entnervt los. »Wenn ich es nicht mit eigenen Augen sehen würde!«

»Haben Sie denn einen Ersatzreiter, Herr Baron?«, fragte der Turnierleiter.

»Nein, leider nicht.«

»Hat er doch!«, rief Amanda und kam aus ihrem Versteck hervor.

»Sie?«, riefen der Baron und der Graf gleichzeitig.

»Warum nicht?«, meinte Amanda nur.

Baron Siggi öffnete den Mund, um etwas zu sagen, doch Eleonore trat ihm auf den Fuß. Der Mund des Barons klappte wieder zu.

Dann zuckte er mit den Schultern. »Meinetwegen. Jetzt ist sowieso schon alles egal.«

»So weit kommt es noch!«, rief der Graf. »Das habt ihr euch ja schön ausgedacht! Aber das läuft nicht! Nicht mit mir!«

»Es ist zwar ungewöhnlich«, meinte der Turnierleiter, »aber da der Baron nichts dagegen hat ... «

»Kommt überhaupt nicht infrage! Diese Frau ist nicht qualifiziert an dem Turnier teilzunehmen!«

»Ist sie doch«, sagte plötzlich Herr Meister. »Ich habe sie selbst ausgebildet. Sie wird den Parcours mit Bravour meistern, wenn ich das so sagen darf.«

Der Mund des Grafen klappte wie ein Fischmaul auf und zu, während er seinen Stallmeister fassungslos anstarrte.

»Darüber reden wir noch!«, presste er dann zwischen den Zähnen hervor.

»Wenn Herr Meister, als hervorragender Fachmann, für Sie bürgt, habe ich nichts mehr dagegen«, sagte der

Turnierleiter. »Somit werde ich Sie als offizielle Teilnehmerin des Turniers zulassen, Frau – äh, wie heißen Sie eigentlich?«

»Amanda X, mein Herr!«, sagte Amanda und verbeugte sich leicht.

Während Eleonore den immer noch kopfschüttelnden Baron zurück in die Reithalle führte und zwei Helfer den schnarchenden Reiter in eine Ecke legten, stand der Graf neben seinem Pferd und kochte vor Wut.

Kurz darauf erschien Amanda in einer ausgesprochen hübschen Reiteruniform. Stolz schritt sie durch den Vorraum zu ihrem Pferd und lächelte dem Grafen und Herrn Meister freundlich zu.

Dann endlich ritt der erste Teilnehmer in die Halle. Einige Minuten später kam er wieder in den Vorraum zurück, begleitet von tosendem Beifall. Und schon war der nächste an der Reihe.

»Weißt du, wie das gewertet wird?«, fragte ich Blümchen.

»Man muss in einer bestimmten Reihenfolge über die Hindernisse springen, natürlich möglichst ohne sie zu berühren. Wenn ein Pferd die Stange oder ein anderes Teil des Hindernisses herunterreißt, gibt es Strafpunkte.«

»Und wenn man keine Strafpunkte hat, ist man der Sieger?«, fragte ich.

»Dann kommt es noch auf die Zeit an. Jedem Reiter steht für den Parcours eine bestimmte Zeit zur Verfügung. Haben mehrere Reiter keine Fehler oder die gleiche Anzahl an Fehlerpunkten, kommen sie ins Stechen.«

»Stechen? Was ist denn das?«

»Dann reiten sie noch einmal – in umgekehrter Reihenfolge. Und wer da am schnellsten ist und am wenigsten Fehler macht, der hat gewonnen.«

»Woher weißt du das eigentlich?«, fragte ich meine Freundin.

»Das stand in den Pferdezeitschriften, die du aus der Bibliothek geholt hast.«

Amanda war eine der letzten Reiterinnen. Als sie an der Reihe war, hatten vier Reiter keine Strafpunkte und waren auch schnell genug gewesen. Leider war der Graf einer von ihnen.

Als unsere Haushälterin sich auf das Pferd schwang, drückten Blümchen und ich ihr die Daumen, so fest es ging. Wir sahen, dass sich der Deckel der Kiste ein wenig hob. Sister X würde ihr also beistehen.

Und es half! Sie schaffte den Parcours in einem fehlerfreien Ritt.

»Das ist Bestzeit! Das ist Bestzeit!«, jubelte Blümchen leise.

»Guck mal! Der Graf!«, flüsterte ich ihr zu.

Graf Eckstein stand in einer Ecke und beobachtete mit zusammengekniffenen Augen Amanda, die stolz und vom Applaus ihrer neuen Kollegen begleitet in den Vorraum ritt. Dann flüsterte er Herrn Meister etwas ins Ohr und verschwand.

»Wo will der denn hin?«, fragte ich.

»Ich weiß nicht«, sagte Blümchen. »Aber das gefällt mir überhaupt nicht.«

Amanda stieg vom Pferd und sah sich nach allen Seiten um. Dann kam sie langsam auf uns zu, ohne die anderen aus den Augen zu lassen.

»Na, ihr seid ja doch da«, raunte sie uns zu.

»Entschuldigung«, flüsterte ich, »aber wir waren zu neugierig.«

»Ist nicht schlimm. Ich habe damit gerechnet. Gleich beginnt das Stechen. Ich werde als Erste reiten und der Graf als Letzter. Beobachtet ihn genau. Und wenn es brenzlig wird, holt ihr die anderen über den Notausgang. Verstanden?«

»Verstanden!«, flüsterten wir zurück.

»Ich muss jetzt gehen. Da kommt der Baron!«

»Liebe gnädige Frau! Das haben Sie ganz hervorragend gemacht!«, rief der Baron und stürmte auf Amanda zu, die sich gerade noch rechtzeitig von unserem Versteck entfernen konnte, sodass er uns nicht entdeckte.

»Danke. Aber das Turnier ist noch nicht vorüber«, erwiderte Amanda.

»Ach, das Stechen werden Sie auch gewinnen. Da bin ich ganz sicher!«

* 16 *

Kurz darauf war die Pause vorüber und Amanda war wieder an der Reihe. Mir taten meine Daumen schon weh, so fest drückte ich sie.

»Wieder fehlerfrei!«, rief Blümchen. »Und die Zeit ist sogar noch besser!«

Die Zuschauer tobten!

Ich sah mich nach dem Grafen um. Sein Gesicht wollte ich zu gern sehen. Doch er war immer noch nicht da. Nur Herr Meister trat unruhig von einem Bein auf das andere.

»Der Graf ist noch nicht zurück«, flüsterte ich Blümchen zu. »Irgendwas läuft da. Wenn ich nur wüsste, was!«

Erst als der vorletzte Reiter schon in der Halle war, tauchte Graf Eckstein wieder auf. Er ging ein paar Schritte entfernt an unserem Versteck vorbei. Dabei sah ich, wie ein Lächeln über sein Gesicht huschte.

»Warum grinst der so blöde? Was hat er vor?«

Plötzlich riss Blümchen an meinem Arm und zeigte mit der anderen Hand auf den Grafen.

»Aua, Blümchen! Was ist denn?«

»Die Stiefel! Er hat andere Stiefel angezogen!«

»Bist du sicher?«

»Ja, das weiß ich genau! Die er vorhin trug, waren kürzer und ziemlich abgenutzt. Aber die hier sind ganz neu!«

»Was sollen ihm neue Stiefel nützen?«, fragte ich.

»Das weiß ich auch nicht«, antwortete Blümchen. »Aber da stimmt was nicht. Ganz sicher!«

Ohne Amanda eines Blickes zu würdigen, stieg der Graf auf sein Pferd und ritt los. Auch er ritt fehlerfrei und das in einer sensationellen Zeit, viel besser als die von Amanda. Und die war schon sehr gut. Die Zuschauer überschlugen sich fast.

Seinen Reiterhelm schwenkend und mit einem Siegerlächeln auf dem Gesicht, ritt Graf Eckstein in den Vorraum zurück.

Vor dem Baron, Amanda und Eleonore hielt er an.

»Na, was sagen Sie jetzt, lieber Baron? Diese Zeit wird in die Geschichte eingehen!«

»Das glaube ich nicht!«, rief Amanda.

Der Graf sah Amanda mit zusammengezogenen Augenbrauen an. »Was sagen Sie da?«

Amanda holte tief Luft. »Graf Eberhard von Eckstein zu Mümmelbach! Ich beschuldige Sie, bei diesem Turnier unlautere Mittel eingesetzt zu haben! Und zwar solche, die man als Tierquälerei bezeichnet!«

Mit einem Satz war der Graf von seinem Pferd herunter. »Das – das werden Sie bereuen!«, schrie er Amanda an.

»Das werde ich sicher nicht«, erwiderte Amanda ganz ruhig.

»Dann beweisen Sie, was Sie gesagt haben!«

Amanda sah kurz zu uns herüber. Jetzt waren wir an der Reihe.

»Es sind die Stiefel!«, rief Blümchen, noch während wir auf Amanda und die anderen zuliefen.

Inzwischen war ein kleiner Tumult in dem Vorraum ausgebrochen. Alles redete und lief durcheinander. Der Turnierleiter versuchte verzweifelt die Lage wieder unter Kontrolle zu bringen.

»Ruhe! Bitte Ruhe!«, rief er immer wieder ohne Erfolg.

Amanda beugte sich zu uns herunter. »Was ist denn mit den Stiefeln?«, fragte sie leise.

»Das wissen wir auch nicht genau«, antwortete Blümchen. »Er hat sie erst kurz vor dem Stechen angezogen. Und dann hat er über das ganze Gesicht gegrinst. Irgendwas ist damit!«

»Na gut«, sagte Amanda. »Es ist Zeit, die anderen zu holen. Aber beeilt euch! Ich halte den Grafen noch so lange hin. Und sag Opa Schraube, er soll deinen Papa anrufen!«

Als wir zum Notausgang rannten, hörten wir Amandas Stimme in der Ferne. »Graf Eckstein! Bitte ziehen Sie die Stiefel aus, damit wir sie untersuchen können!«

»Darauf können Sie lange warten!«, brüllte der Graf.

Als wir Opa Schraube und die anderen endlich gefunden hatten, waren wir völlig außer Atem.

»Was macht ihr denn hier?«, rief Gerda, als sie uns sah. »Haben wir euch nicht gesagt ...«

»Das – erklären – wir – euch – später!«, keuchte Blümchen. »Ihr müsst – sofort mit – uns kommen!«

»Und ruft – die Polizei an!«, japste ich. »Schnell!«

»Also gut!«, rief Opa Schraube. »Das Geisterkränzchen alarmiert die Polizei! Die Jungs, Gerda, Didi, Eric und ich gehen mit den Mädchen!«

»Goldi?«, riefen Blümchen und ich gleichzeitig und hatten unsere Atemlosigkeit auf einen Schlag vergessen.

Als er an uns vorbeilief, hob Goldi kurz die Hand und lächelte uns an. Dieses Lächeln! Diese Augen!

»Was steht ihr hier herum und glotzt?«, fuhr Opa Schraube uns an. »Zeigt uns lieber den Weg!«

Wir erwachten aus unserem kurzen Traum und liefen, den anderen voran, zum Vorraum der Reiterhalle zurück. Den Weg hätten wir auch im Dunkeln gefunden.

Als wir dort ankamen, war der Tumult schon fast in Handgreiflichkeiten übergegangen. Der Baron versuchte dem Grafen die Stiefel auszuziehen, der sich mit Händen und Füßen dagegen wehrte.

»Ruhe!«, rief Walter in den Lärm hinein.

Damit hatte er nicht mehr Erfolg als der Turnierleiter, der mit hochrotem Kopf zwischen Amanda, dem Baron und dem Grafen wie ein aufgescheuchtes Huhn hin- und herlief.

»Polizei!«, brüllte Opa Schraube.

Im gleichen Augenblick war es still.

»Siehst du?«, sagte er zu Walter. »So macht man das.«

Der Turnierleiter kam mit ausgebreiteten Armen auf Opa Schraube zu. »Sind Sie von der Polizei?«

»Nein, aber die wird jeden Augenblick hier sein.«

»Polizei?«, fragte Herr Meister ängstlich. »Kommt wirklich die Polizei?«

»Allerdings«, sagte Didi. »Und dann wird euch Tierquälern das Handwerk gelegt!«

Herr Meister sah Didi mit weit aufgerissenen Augen an. Plötzlich begann sein Unterkiefer zu bibbern wie meiner, wenn ich im Freibad zu lange im Wasser war.

»Ich – ich bin kein Tierquäler!«

»Ach nein?«, fuhr Didi ihn an. »Wie würden Sie das denn bezeichnen?«

Amanda fasste Didis Arm. »Lassen Sie ihn einfach reden.«

Herr Meister sah auf den Boden. Sein Unterkiefer zitterte immer heftiger.

»Ich wollte das nicht!«, brüllte er schließlich los. »Ich habe das nie gewollt! Es fing alles ganz harmlos an. Nur Kleinigkeiten. Hier einen Klaps, da einen Peitschenhieb. Aber dann wurde es immer mehr und mehr. Und zum Schluss sogar Stromschläge! Ich halte das nicht mehr aus!«

Als er hochsah, flossen die Tränen in Strömen über sein Gesicht. Dieser riesige Kerl weinte tatsächlich!

Dann warf er sich plötzlich an Opa Schraubes Schulter und heulte los wie ein kleines Kind. Opa Schraube hatte alle Mühe das Gleichgewicht zu halten. Sein Zigarrenstummel kreiste in Rekordgeschwindigkeit.

»Kann mir jemand diesen heulenden Kerl vom Hals schaffen?«, rief er.

Amanda und Baron Siggi nahmen Herrn Meister in den Arm und setzten ihn auf die Kiste, in der sich Sister X versteckt hatte. Amandas Schaf ließen wir vorher natürlich heraus.

Amanda ging auf den Grafen zu. »Und? Was sagen Sie jetzt? Wollen Sie uns nun endlich Ihre Stiefel zeigen?«

»Die Stiefel waren die Idee des Chefs!«, rief Herr Meister auf seiner Kiste. »Ich war von Anfang an dagegen!«

»Was hat es denn mit diesen verflixten Stiefeln auf sich?«, fragte Baron Siggi ihn.

Herrn Meisters Unterkiefer begann wieder zu bibbern. »Damit – damit kann man dem Pferd Stromstöße versetzen! Während des Turniers! Aber das wollte ich nicht! Das müssen Sie mir glauben!«

Blümchen rang nach Luft. »Dieses – dieses Schwein!«

Der Graf wusste, dass er verloren hatte. Das sah ich seinem Gesicht deutlich an. Plötzlich kniff er die Augen zusammen und stürzte sich mit geballten Fäusten auf Amanda!

»Sie verdammtes –«

Blümchen reagierte als Erste. Sie war mit einem Satz bei ihnen und holte zum Schlag aus.

Aber sie kam nicht dazu. Der Graf fuhr ihr mit der flachen Hand so fest durchs Gesicht, dass sie nach hinten fiel. Mir blieb vor Angst und Wut die Luft weg.

Doch dann stand, wie aus dem Nichts, Goldi vor dem Grafen. Bevor der reagieren konnte, traf ihn Goldis Faust genau am Kinn. Der Graf machte einen kleinen Hüpfer, fiel auf den Rücken und blieb, alle viere von sich gestreckt, liegen.

Goldi zupfte sich die Jacke zurecht und ging zu Blümchen. Er nahm ihre Hand und zog sie hoch.

Die Wangen meiner Freundin glühten, wobei ich nicht weiß, ob der Schlag des Grafen oder Goldis Rettungsaktion der Grund dafür waren.

»Kinder zu schlagen gibt es bei mir nicht«, sagte Goldi.

Blümchens Antwort hörte sich an wie: »Gagaga!«

Wieder einmal wünschte ich in ihrer Haut zu stecken. Der süßeste Typ, den man sich überhaupt vorstellen kann, hatte sich für sie geprügelt. Wenn das nicht romantisch war!

»Scheint ja doch Killerinstinkt zu haben, der Bursche«, meinte Opa Schraube.

»Wer hat uns alarmiert?«, hörte ich eine Stimme, die ich leider viel zu gut kannte.

»Kommissar Pauer!« rief Amanda. »Schön, dass Sie kommen! Wir haben mal wieder Ihre Arbeit erledigt!«

In dem Augenblick wachte der Reiter des Barons auf. »Gibt's schon Frühstück?«, fragte er mit noch halb geschlossenen Augen.

Nachdem die Polizei den Grafen und Herrn Meister abgeführt hatte, nahm Baron Siggi Amanda beiseite.

»Liebe gnädige Frau«, sagte er. »Sie sind eine ganz ausgezeichnete Reiterin. Haben Sie nicht Lust, auch in Zukunft Turniere für mich zu reiten?«

»Da muss ich Sie leider enttäuschen, lieber Baron. Das wäre mir in meinem Alter auf die Dauer zu anstrengend.«

»Dann sagen Sie doch bitte, wie ich mich bei Ihnen erkenntlich zeigen kann. Nun haben Sie mir schon zum zweiten Mal geholfen.«

»Ja, da gibt es tatsächlich etwas, das Sie für mich tun könnten. Kaufen Sie doch bitte die beiden Rappen und bringen Sie sie wieder zu ihrem Freund Strolch. Ich glaube, der Graf macht Ihnen einen guten Preis, zumal er in Zukunft sicherlich keine Pferde mehr trainieren darf. Bei Ihnen werden sich die Tiere sehr wohl fühlen. Das weiß ich ganz sicher.«

»Also gut«, sagte der Baron und seufzte. »Ich weiß zwar jetzt schon nicht, wie ich die Arbeit schaffen soll, aber an diesen beiden Pferden war ich ja vorher auch interessiert.«

»Ach, um die Arbeit würde ich mir keine Gedanken machen«, sagte Amanda. »Ich glaube, da habe ich eine zaubergalaktische Idee.«

»So? Tatsächlich? Da bin ich aber gespannt!«, rief Baron Siggi.

»Ich kenne da einen ehemaligen Jockey, der ein hervorragender Stallmeister wäre. Und als Verwalterin könnte ich mir jemanden vorstellen, die einen Teil Ihrer Pferde bereits sehr gut kennt. Rufen Sie mich doch morgen einmal an.«

»Das werde ich tun, gnädige Frau. Darauf können Sie sich verlassen!«

»Na, tut deine Wange noch weh?«, fragte ich Blümchen, als wir auf dem Weg nach Hause waren.

»Er hat mich berührt«, hauchte sie. »Er hat mich tatsächlich berührt!«

In der nächsten Zeit würde ich mit meiner Freundin wohl nicht mehr vernünftig reden können.

Joachim Friedrich, Jahrgang 1953, arbeitete viele Jahre als Professor für Betriebswirtschaft. Heute lebt er mit seiner Familie in Bottrop und gehört zu den erfolgreichsten Kinderbuchautoren. Von seinen Büchern liegen zahlreiche fremdsprachige Übersetzungen vor.
Seine Internet-Adresse lautet: www.joachim-friedrich.de

Bei Thienemann u. a. bereits erschienen:
Amanda X – Amanda und die Detektive
Amanda X – Bella und der Poltergeist
Amanda X – Circus Barone und der Fluch des Papageis
4 1/2 Freunde
4 1/2 Freunde und die verschwundene Biolehrerin
4 1/2 Freunde und die Weihnachtsmann-Connection
4 1/2 Freunde und der rätselhafte Lehrerschwund
4 1/2 Freunde und die wachsamen Gartenzwerge
4 1/2 Freunde und das Geheimnis der siebten Gurke
4 1/2 Freunde und der Schrei aus dem Lehrerzimmer
4 1/2 Freunde und das Krokodil im Internet
4 1/2 Freunde und die Fahndung nach dem Schuldirektor
4 1/2 Freunde und der verschwundene Diamantenmops
Tore, Punkte, Streuselkuchen
Tore, Punkte, Sommersprossen

Friedrich, Joachim:
Amanda X – Didi und die flüsternden Pferde
ISBN 3 522 17495 X

Einband und Innenillustrationen: Edda Skibbe
Einbandtypografie: Michael Kimmerle
Texttypografie: Marlis Killermann
Schrift: Sabon und Remedy
Satz: KCS GmbH, Buchholz/Hamburg
Reproduktion: Die Repro in Tamm
Druck und Bindung: Friedrich Pustet in Regensburg

6 5 4 3 2* 03 04 05 06 07

Thienemann im Internet: www.thienemann.de